FOR$_2$

FOR pleasure   FOR life

想像力的文法

分解想像力，把無從掌握的創意轉化為練習

Gianni Rodari 羅大里 著　倪安宇 譯

Grammatica della fantasia
Introduzione all'arte di inventare storie

獻給雷久・艾密里亞市

目錄

前情提要

　　一九三七年底至一九三八年初那個冬天，經由一位小學老師的推薦（她先生是交通警察），我受聘到德籍猶太人之家教小孩義大利文。這些猶太人以為在義大利找到庇護，不會再受種族迫害，可惜這個想法只維持了短短幾個月。我當時跟他們一起住在北義馬焦雷湖附近山上一個農莊裡，每天早上七點到十點給小朋友上課，其餘時間我不是去林中散步，就是閱讀杜斯妥也夫斯基的書。那段時光很美好，雖然並不長。我學了一點德語，滿懷熱情、手忙腳亂又樂趣無窮地投入閱讀德文書，如此閱讀一百遍，遠比花一百年時間上課學習更有收穫。

　　有一天，我在德國浪漫主義作家諾瓦利斯（Novalis, 1772-1801）的《片斷書寫》（Fragmente）中看到這樣一段話：「我們若能在邏輯之外，也擁有想像力，自然能創造虛構的藝術。」這段話很美，幾乎所有諾瓦利斯的「片斷書寫」都很美，每一則都發人深省。

　　短短幾個月後，我認識了幾名法國超現實主義藝術家，在他們身上找到了諾瓦利斯尋尋覓覓的「想像力」運作法則。超現實主義之父布勒東（André Breton）在他為這個運動寫下第一篇宣言

的時候就說：「我對超現實主義未來運用什麼技巧不感興趣」，但是他的作家和畫家朋友無中生有的技巧可不少。在那些猶太人離開義大利，尋找另一個國家落腳之際，我受聘到不同小學任教。我應該是個很糟糕的老師，備課備得一塌糊塗，腦袋裡什麼都有，從印歐語言學到馬克思主義（雖然瓦雷澤市立圖書館館長羅慕斯騎士在書架上擺著墨索里尼的照片，但是只要我照規矩借書，不管什麼書，他連眼睛都不眨一下就拿給我）；什麼亂七八糟的都有，就是無心於正課。不過，我應該不是太無趣的老師，我會跟小朋友說故事，一方面是為了增加好感度，一方面也是想玩，那些故事既不影射真實世界，也沒什麼大道理，都是我利用布勒東一方面鼓吹又一方面貶抑的那些「技巧」瞎編出來的。

那個時候我很浮誇地在一個平凡無奇的筆記本上寫下這個標題：《想像札記》（*Quaderno di Fantastica*），記下的不是我說過的故事，而是那些故事如何發想誕生，以及（我以為）我發現的一些竅門，讓文字和意象動起來的竅門。

這段往事被遺忘、掩埋了很長一段時間，直到一九四八年，我因緣巧合開始寫童書，才又想起「想像力」這回事，對我意外發展的新事業頗有幫助。不過因為懶惰、懶得做系統化整理，加上時間不夠用，一九六二年才公開在羅馬《國家晚報》（*Paese Sera*）分上下兩期發表虛構故事的教學指南（二月九日、十九日）。

我在那兩篇文章中跟議題保持謹慎的距離，假裝我在羅馬舉行奧運比賽期間認識了一位年輕的日本學者，他給我一份手稿，內容是一九一二年在德國斯圖加特出版的一本小書英文翻譯，作

者是某個不存在的奧圖・施萊格爾－康尼澤爾，由諾瓦利斯出版社出版，書名是《Grundlegung zur Phantastik — Die Kunst Märchen zu schreiben》（意思就是，「想像的基本原理：如何撰寫童話故事」）。我在這個算不上特別新穎的框架裡，嚴肅詼諧並重，提出了幾個簡單的虛構技巧。我後來到不同學校去跟孩子說故事、回答問題時，也持續推廣那幾個技巧。每一次都有小朋友問這個問題：「該如何虛構故事？」必須老老實實回答。

之後我在《家長日報》（*Giornale dei genitori*）再度談到這個議題，目的是為了建議家中有小朋友的讀者如何自行編造「床邊故事」（〈如果爺爺變成一隻貓會發生什麼事〉，一九六九年十二月；〈端一盤故事上桌〉，一九七一年一、二月；〈令人發噱的故事〉，一九七一年四月）。

把日期一一列出來有點難看，誰會感興趣？但我還是想要把這些文章當成大事逐一條列，讓讀者意識到我正在玩人際溝通分析裡面的「媽，你看，我放手騎車也沒問題！」心理遊戲。自我吹噓的感覺總是特別好……

一九七二年三月六日至十日，在雷久・艾密里亞（Reggio Emilia）市政府的邀請下，我跟來自幼稚園、小學和中學的五十多位老師展開系列座談，把我專業所長正式地跟大家做總結報告。

那個星期的活動是我這一生最美好的經驗之一，有三件事讓我永誌難忘。第一件事是市政府為了宣傳活動讓人張貼海報，大大的文字寫著「與想像力面對面」（Incontri con la Fantastica），我在城裡好幾處美麗的牆面上看到這句話，自多年前那個冬天算

起，這句話已陪伴我整整三十四年。第二件事是，海報上註明參加活動需事先報名，而且名額限制五十人，因為如果超過那個人數，就不再是面對面的座談，變成研討會之後對誰都沒有幫助。只不過這個說明隱約表達出主辦單位擔心人潮在「想像力」的召喚下失去控制，大批湧進這個室內鐵柱被漆成紫色、原本是消防隊健身房的座談會會場。這一點讓我很感動。第三件事，也是最重要的，是有人給我機會讓找有足夠時間、條理分明地跟別人分享，我可以控制討論和實驗的方向，而且討論和實驗的內容不侷限於想像力的用處及刺激想像力的技巧，也包括跟其他人說明溝通那些技巧的方法，例如把這些技巧當成兒童語言教學（當然不只是語言教學）的工具，我感覺很幸福。

這個「短期課程」結束後，我收到五份座談紀錄，多虧錄音機把當時的內容錄了下來，還有人耐著性子打字謄寫全文。

這本書便是那次座談會內容的重新整理。我想藉此機會澄清，這本書無意全面推廣「想像力」，像幾何學那樣在所有學校開班授課研讀。這本書不是想像和虛構的完整理論陳述，還需要許多人加添骨肉，需要比我更有智慧的人。這本書也不是「論述」，其實我不知道它是什麼。書中談的是為孩子虛構故事，並協助孩子自行虛構故事的幾種方法，誰知道還能找到多少種其他方法，我只談到如何透過詞彙創作故事，粗淺建議了幾種容易套用到其他語言上的技巧，並未深入。也談到說故事的可以是一個人或團體，可以變成舞臺劇或木偶戲劇本，也可以發展成漫畫、電影，或錄音後傳給朋友聽。那些技巧同樣可以應用在各種兒童遊戲中，

但是這方面著墨不多。

　　我希望對所有認為想像在教育中該有一席之地、相信兒童創造力、認定「解放」有其價值的人而言，這本書也有用處。「讓大家暢所欲言」，從正向民主的角度來說，我覺得是很不錯的格言。不是要大家都當藝術家，而是不讓任何人當奴隸。

1.
餘波盪漾

　　往池塘裡丟一顆小石頭，會在水面激起一環環漣漪向外擴散，擴散過程中因距離遠近不同，對睡蓮、蘆葦、紙船和釣魚浮標造成的影響也不同。

　　這些東西原本各自為政，有的沉睡，有的靜止不動，此時彷彿被喚醒重生，被迫採取行動，彼此之間還因此建立了某種關係。有其他肉眼不可見的律動則是往水底和其他方向去，小石頭下沉時撩動了水草、驚嚇了魚群，又掀起另一波細微騷動。等它沉落，淤泥浮起，被遺忘在池底的東西有些因為碰撞重見天日，有些則依序再度被泥沙埋沒。短短時間內發生好多事，都是微不足道的小事。或許即使你有時間和意願，也無法毫無遺漏全部記錄下來。

　　詞彙跟石頭一樣，隨手丟進大腦後便會往水平及縱深方向產生波動，引發一系列的連鎖反應，石頭墜落的時候會帶出聲音和畫面、類比和回憶、意涵和夢境，那一瞬間被捲入的包括經驗、記憶、想像和潛意識，其實很複雜，因為大腦不是被動協助，而是持續介入，或接受或拒絕，或連接或設限，或建構或毀滅。

　　我就以「石頭」（sasso）這個詞彙為例。把石頭丟進大腦後或許會帶出其他東西，或是產生碰撞，或是避開，總而言之，會

有各種可能性：

> 所有 s 開頭，但後面接的字母不是 a，例如種子（semina），
> 安靜（silenzio），收縮（sistole）；
> 所有 sa 開頭的字，例如神聖（santo），臘腸（salame），
> 鹽巴（salso），醬料（salsa），薩拉邦達舞曲（sarabanda），
> 裁縫（sarto），蠑螈（salamandra）；
> 所有以 asso 收尾的字，例如矮（basso），量體（masso），
> 低音大提琴（contrabbasso），鳳梨（ananasso），比率
> （tasso），油脂（grasso）；
> 詞庫裡面所有意義相近的詞彙，例如岩石、大理石、磚頭、
> 礦岩、凝灰岩、石灰岩、花崗岩等等。

　　這些是信手拈來的聯想，無需費力，依賴慣性就可以一個帶一個出來。但是這樣或許不足以激起火花（不過也很難　）。

　　有時候詞彙會往其他方向發展，或是沉浸在過去的世界，或是讓被淹沒的現在重新浮上來。從這個角度來看，「石頭」會讓我想起馬焦雷湖畔山上的懸岩聖卡特琳娜隱修院（Santa Caterina del Sasso），我總是騎腳踏車去，而且每次都跟阿梅德歐一起去。我們坐在涼爽的拱門下，啜飲白酒，聊聊康德。我們也會在火車上相遇，當時我們兩個都通車上學。阿梅德歐老是披著一件藍色長斗篷，有時候能看出斗篷下他的手拎著小提琴琴盒。我的琴盒把手壞掉了，只能抱在懷中。後來他加入阿爾卑斯山地師部隊，

死在俄國。

我另一次想起阿梅德歐是因爲我在研究「磚頭」這個詞，想起了倫巴底省鄉間的某些磚砌的烤窯，還有在大霧中或在樹林裡散步。阿梅德歐跟我常常在樹林裡逗留整個下午，聊康德、杜斯妥也夫斯基、蒙塔雷[1]和阿豐索·嘉托。[2]十六歲少年的友誼是人生中最深刻的記憶，不過我要說的重點不是這個。重點是要注意一個隨機選擇的詞彙如何發揮神奇功能，讓埋沒在時光塵埃裡的回憶浮現。

這跟「瑪德蓮」小蛋糕的滋味喚醒普魯斯特記憶的作用一樣。在他之後所有書寫記憶的作家都學會了（而且可能太過頭）聆聽詞彙、氣味、聲響被遮掩住的回音。但我們是要爲小朋友虛構故事，不是要寫小說來挽回或拯救我們失去的人生。當然，有時候跟小朋友玩記憶遊戲也很有趣，或有所助益。任何詞彙都可以幫助他們想起「那一次……」，發現過去的自己，衡量昨天和今天的自己有何差異，儘管他們的「昨天」還很短，而且不太擁擠。不過那是好事。

在這類研究中，從單一詞彙出發之所以會產生「想像力的主題」，是因爲出現了奇怪的相似詞彙，而這些相似詞彙的意象動作頻頻，還會任性地互相干擾，於是這些屬於不同系統的詞彙之

1　蒙塔雷（Eugenio Montale, 1896-1981），義大利詩人、散文作家，一九七五年諾貝爾文學獎得主。〔原書各章並無註解，僅在書末附上〈延伸解析〉。中文版註解爲譯者與編輯所註，並將作者夾雜於原文正文之書目資訊整理至註解處。〕
2　阿豐索·嘉托（Alfonso Gatto, 1909-1976），義大利詩人、散文作家兼藝評家。

間便有了意想不到的連結。「磚頭」（matt**one**）可以連接到「歌曲」
（canz**one**）、「棕色」（marr**one**）、「共濟會」（mass**one**）、「牛
軋糖」（torr**one**）、「麵包蛋糕」（panett**one**）……

　　磚頭和歌曲這個組合很有趣，雖然沒有「在解剖檯上有一把
傘和一臺縫紉機」那麼有趣（洛特雷阿蒙，《馬爾多羅之歌》[3]）。
目前提到的詞彙組合有磚頭和歌曲、石頭和低音大提琴。或許阿
梅德歐的小提琴增添了一點情感元素，於是音樂意象出現了。

　　　這是一間音樂之屋，蓋房子的磚頭和石頭都會發出樂
　　音。用小槌子敲打牆壁，就會有各種音符飄揚。我知道沙
　　發上面那面牆是升 C 小調，F 調高音都在窗戶下面，整片
　　地板都是降 A 大調，讓人聽了興奮不已。大門是很美的序
　　列無調性電子音樂，只要用手指輕輕滑過這間音樂之屋，
　　就能聽到音樂大師路易吉・諾諾、盧奇亞諾・貝里奧和布
　　魯諾・馬代爾納的作品，[4] 足以讓卡爾海因茲・史托克豪森 [5]
　　欣喜若狂（他比另外三個人更有資格跟這個音樂之屋做連

3　洛特雷阿蒙（Comte de Lautréamont, 1846-1870），法國詩人，超現實主義深受其影響。
　《馬爾多羅之歌》（*Les Chants de Maldoror*）是一部長篇散文詩集。

4　路易吉・諾諾（Luigi Nono, 1924-1990），義大利作曲家，以序列音樂、電子音樂創
　作為主，認為音樂應呼應政治觀點；盧奇亞諾・貝里奧（Luciano Berio, 1925-2003），
　義大利先鋒派作曲家，音樂風格結合序列音樂、電子音樂和機遇音樂，創辦即時音
　樂中心（Tempo Reale），投入研究音樂和新科技的關係。布魯諾・馬代爾納（Bruno
　Maderna, 1920-1973），義大利作曲家、指揮家，與貝里奧共同創辦電子音樂實驗室。

5　卡爾海因茲・史托克豪森（Karlheinz Stockhausen, 1928-2007），德國作曲家、音樂理論
　家，以序列音樂、電子音樂、機遇音樂創作為主，其音樂能營造強烈的空間感，彷彿
　一個全新的音樂「世界」。

結，因為他的姓氏裡有 haus 這幾個字母，在德文裡意思是「屋子」）。

但這不只是一間屋子，而是一個音樂王國，國內有鋼琴之屋、鋼片琴之屋和巴松管之屋，也可以說是一個樂團王國。到了晚上，所有居民開始彈奏自己的家，大家在臨睡前合力演出一場精彩的音樂會……入夜後，等大家墜入夢鄉，有一名囚犯在他的牢房裡用鐵窗開始奏樂……如此這般。故事已經啟動。

我想囚犯之所以進入故事裡面，應該是因為「歌曲」（canzone）和「監獄」（prigione）押韻的關係，我故意不提，但顯然他等在那裡。有人會說鐵窗這個結尾太過理所當然，但是我不這麼認為，這個安排應該是因為腦海中突然閃過某部老電影，片名叫作《沒有鐵窗的監獄》。

我們的想像也可以朝另一個方向發展：

全世界所有監獄的鐵窗都被拆除，囚犯全跑了出來。包括小偷嗎？對，包括小偷。監獄是製造小偷的地方。監獄既然沒了，小偷也就跟著沒了……

我發現在這個看似套用既定模式的無意識發想，其實有我的意識形態在裡面作祟，進而修改了既定模式。我聽見我以前和最近閱讀文本的回音。那些被排除在外的世界強烈要求自己被聽見：

孤兒院、少年感化院、老人院、精神病院、學校。這些真實的存在闖入超現實習作中。其實說起來，音樂王國如果變成一個故事，也不是不切實際的幻想，而是以新形式重新發現並再現真實的一種方法。

　　關於「石頭」這個詞彙的探索還沒結束。我得再次否決它是個有意涵、有聲響的有機體，把它拆解為字母，只著重在發音上，並找出之前被我否決的其他詞彙。

　　我把石頭拆解為字母後垂直排列如下：

－ S
－ A
－ S
－ S
－ O

　　接下來我可以在每一個字母後面寫下我想到的第一個詞彙，得到一個新的組合（例如：沙丁魚〔sardina〕－律師〔avvocato〕－香菸〔sigaretta〕－虹吸管〔sifone〕－菜農〔ortolano〕）。更好玩的做法是在這五個字母後面寫下的詞彙必須串成語意完整的一句話。

S － Sulla 　　 在
A － altalena 　鞦韆上

S – saltano   有
S – sette   七隻
O – oche   鵝 [6]

但是我不知道能夠讓跳到鞦韆上的這七隻鵝做什麼，或許可以寫成一首押韻的無厘頭短詩：

鞦韆上有七隻鵝
呱呱討飯肚子餓……

不能期待第一次嘗試就得到令人滿意的結果。我以同樣概念再試了另外一個組合：

S – Settecento 七百名
A – avvocati   律師
S – suonavano   吹奏
S – settecento 七百個
O – ocarine   陶笛

「七百」是之前造句裡面「七」的自動延伸，「陶笛」

6　為使讀者能看出詞彙、字母、音韻的關係，本書在必要時保留原文（義大利文或羅大里所引的外文）。義大利文中，「sulla」的原意是「在……上方」，而「saltano」的原意是「跳」，全句意思是「有七隻鵝跳到鞦韆上」，此處為了中文呈現通順調整譯法，故兩者詞意不盡然相當，特此說明。

（ocarine）則顯然是被「鵝」（oche）逼出來的。不容否認的是，這個句子受到之前提及的樂器影響。七百名律師排排站吹陶笛這個意象也不能浪費。

　　我自己從一個隨意想到的詞彙出發，虛構了不少故事。舉例來說，有一次我從「湯匙」（cucchiaio）聯想到義大利人類學家柯奇亞拉（Giuseppe Cocchiara，請原諒我任性地把這麼重要的名字拉進跟童話故事有關的範疇裡⋯⋯），還有「淺色」（chiara）－「蛋白」（chiara d'uovo）－「橢圓」（ovale）－「運行軌道」（orbita）－「土衛三十二」[7]（uovo in orbita）。聯想到這裡，我已經可以動筆寫故事了，標題是《蛋裡的世界》（*Un mondo in un uovo*），有科幻，也有搞笑。

　　現在我們可以把「石頭」放在一邊，不過別以為我們已經窮盡了聯想的所有可能。法國詩人保羅・瓦樂希（Paul Valéry）說過：「如果深入探究，我們其實無法理解任何一個詞彙。」奧地利哲學家維根斯坦（Ludwig Wittgenstein）則說：「詞彙就像深水表面的分子。」而故事必須到水面下尋找。

　　至於「磚頭」這個詞彙，我想以羅馬大學哲學系教授瑪爾塔・法托里（Marta Fattori）在其大作《創造力與教育》（*Creatività ed educazione*）中談到的美國創造力測驗為例。這個測驗請孩子說出「磚頭」的所有可能用法，無論是他們原來已知的或想像出來的都可以。或許因為我最近才看完那本書中的測驗內容，「磚頭」

7　土衛三十二（Methone），環繞土星運行的一顆衛星，狀似雞蛋，故在義大利文中又被稱作「uovo in orbita」，意即「在軌道上運行的蛋」。

一詞讓我印象太過深刻。可惜的是，那個測驗的目的不在於刺激孩童的創造力，僅限於對他們做評估，找出「想像力最棒的孩子」，跟為了篩選出「數學最棒的孩子」所做的其他測驗一樣。這類測驗當然也有用，但是就本質而言，它追求的目標並不在孩子的腦袋裡。

我簡略陳述的這個「餘波盪漾」遊戲則正好相反：要幫助孩子，而不是利用孩子。

2.
「嗨」這個字

　　雷久‧艾密里亞市的幼稚園幾年前開始玩「說故事遊戲」。小朋友輪流站到類似布道臺的講臺上，跟坐在地板上的同學說一個自己編的故事。幼稚園老師負責把故事抄寫下來，小朋友都很注意看，確保老師抄寫的時候不能遺漏或有任何改變，而後小朋友則要把自己說的故事畫出來。「說故事遊戲」只是接下來討論內容的開場白，我會就其中一則故事進行分析。

　　在我談到如何從別人指定的詞彙著手虛構故事這個方法之後，黛安娜幼稚園的老師朱莉亞‧諾塔利（Giulia Notari）問小朋友是否有人願意用這個新的方法說故事，她指定的詞彙是「嗨」。一個五歲的小男孩說了下面這個故事：

　　　　一個小男孩失去了說好話的能力，他只能說很難聽的話，例如：大便、屎、混蛋等等。

　　　　於是他媽媽帶他去看醫生。醫生留著一把長長的鬍子，他對小男孩說：「把嘴巴張開，舌頭伸出來，眼睛看上面，做個鬥雞眼，鼓起腮幫子。」

　　　　然後醫生說小男孩應該想辦法找到一句好話。小男孩

先找到了這樣一句話（說故事的小男孩用手比出大約二十公分的長度）：「煩死了」，這句話不好聽。然後他找到了另外一句話（大約五十公分長）：「自己看著辦」，還是不好聽。再後來他找到了一個粉紅色的字，「嗨」，很短，把那個字放進口袋裡帶回家之後，他學會了說好話，變成了一個好人。

小男孩說故事的時候，聽眾兩度插嘴把他們從故事中得到的某個提示發展下去。第一次是關於「難聽」的話。小朋友在聽到第一句難聽的話出現之後，突然間很開心地冒出一大堆「髒話」，把他們知道的髒話全都說了出來。在自由發揮的遊戲中，他們這麼做自然是為了挑釁，那是一種排泄性的嬉鬧，只要從事兒童研究的人都知道。就技術層面而言，這個聯想遊戲是在語言學家所說的「選擇軸」（axis of selection，語言學家雅各布森〔Roman Jakobson〕提出）上進行，就像在一個意義軸線上尋找相似的詞彙。那些詞彙出現不代表另闢蹊徑，或放棄故事主軸，反而更進一步釐清、確認了遊戲的進行。雅各布森說，詩人寫詩是把「選擇軸」投射到「組合軸」（axis of combination），可以是由發音（韻腳）喚醒意義，或由相近的詞句觸發隱喻。孩童編造故事，也是如此。雖然是創意行為，但也有其美學因素，而我們要討論的是美學跟創造力的關係，與藝術無關。

聽眾第二次打斷說故事的小朋友，是為了發展「醫生遊戲」，尋找「舌頭伸出來」這句耳熟能詳老話的各種變形。有趣的是這

麼做有兩個意義：第一個是心理方面，緩和醫生向來讓人有些畏懼的形象，讓他看起來比較輕鬆；第二個是競爭心態，看誰能找到最出人意表、讓大家驚豔的說法（「做個鬥雞眼」）。這種遊戲已經形同舞臺劇，是戲劇教育的最小單元。

我們回頭來談這個故事的結構。故事發展並未侷限於「嗨」這個字，也就是說，不侷限於從「嗨」這個字的發音和意義去做聯想。小朋友理解的故事題目是「嗨這個字」，而不是「嗨」。所以他的想像力沒有往尋找接近或相似的詞彙那個方向去（他的想像力用在其他地方了），或這個字會在什麼情況下這樣或那樣使用。就連最簡單的打招呼這個用法，基本上也被摒棄了。而「嗨這個字」立刻在「選擇軸」上騰出位置，建構了兩組詞彙，一組是「好聽的話」，一組是「難聽的話」，之後再藉由手勢發展出另外兩組詞彙，一組是「短」的話，一組是「長」的話。

那個比長度的手勢不是一時興起，而是一種「挪用」。說故事的小朋友肯定在電視上看過一則糖果廣告，畫面上的兩隻手擊掌完畢後分開，在手與手之間的空白處出現廣告主角糖果的名稱。小朋友在記憶中找到那個手勢，以他獨特、個人的方式使用出來。他拒絕了廣告要傳遞的訊息，卻意外接收了廣告中非預設、不明確的那個訊息：用手勢丈量詞彙的長度。我們永遠不知道孩童看電視會學到什麼。絕對不能低估孩童從視覺衍生出的創造力。

此外，文化模式巧妙地介入這個故事進行審查。說故事的小朋友把家裡告訴他不該說的定義為「難聽」的話，所以他說「難聽」，其實是家長認為「難聽」。但他是在一個可以擺脫某些制

約的教育環境裡說故事,學校不會約束他,如果他說那些話,不會受到責罰或斥罵。從這個角度來看,這個故事特別之處在於故事結尾放棄了一開始建立的詞彙類別。

小朋友在他的探索過程中遇到「難聽」的話,如「煩死了」和「自己看著辦」,其實就約束模式而言並不「難聽」,只是跟人拉開了距離,讓人覺得被冒犯,無助於結交朋友、跟朋友相處或一起玩耍。這些話語不是抽象的「好話」的相反,而是「正確、親切」詞彙的相反。於是誕生了一個新的詞類,展現的是那個小朋友在那所學校中學習到的新價值觀。面對這個結果,大腦一邊處理詞彙的意象,一邊做判斷,同時控管這些詞彙意象跟說故事小朋友的個性關係。至於「嗨」為什麼是粉紅色的不言而喻:粉紅色是親切、細緻、不具攻擊性的顏色。顏色說明價值觀。可惜沒有問說故事的小朋友「為什麼『嗨』是粉紅色?」,他的回答有可能讓我們知道某些事情,如今想重建現場,難上加難。

3.
想像力的二元相生

我們在之前的案例中，看到如何從單一詞彙生出想像力的主題，進而開始說故事。然而那是一個錯覺。事實上光靠一個電極不可能迸出火花，必須兩個電極同時存在。任何詞彙唯有在應對另一個詞彙的時候才開始「運作」（蒙塔雷說：「水牛。於是此名開始運作……」[1]），被迫離開熟悉的軌道，發現自己有表意的新能力。沒有鬥爭，就沒有生命。

這是因為想像力並非獨立於大腦之外自行運作的能力，想像力是大腦的整體運作，而操作流程始終如一。心智的運作生於憂患，死於安樂。

法國兒童心理學家亨利·瓦隆（Henri Wallon）在《兒童思維的起源》（*Les origines de la pensée chez l'enfant*）一書中談到思維乃成對而生。「軟」這個概念的形成不在「硬」形成之前，也不在之後，是同時、相互碰撞後生成的：「思維的基本元素是一個雙軌結構，光靠單一元素不足以成氣候。兩兩一組、成雙成對優於

1　義大利詩人蒙塔雷的詩作〈水牛賽車場〉（Buffalo）描述在巴黎第一座自行車賽車場「水牛」舉行的某場賽事。詩的前半以全知角度描述觀眾席上眾生相，在敘事者喊出「水牛。於是此名開始運作」之後，便改以第一人稱出現在後半段賽事中。

孤立單一元素。」

　　所以說，從一開始概念就是兩兩對立。保羅·克利（Paul Klee）也抱持相同意見，他在《論形式與設計原理》（*Schriften zur Form und Gestaltungslehre*）寫道：「所有觀念都有與之對立的觀念。沒有觀念是獨立存在的，往往都是『二元相生』。」

　　故事之所以能夠無中生有，也是因為「想像力的二元相生」。

　　像「馬／狗」這樣的詞組就不算是真的「二元相生」，只是同一動物類屬內的簡單聯想。想像力在這兩個四足哺乳動物身上施不了力，那是一個大三度和弦，四平八穩。

　　兩個詞彙之間要有一定的距離，最好彼此毫不相干，相似之處則要相當不尋常，如此一來想像力才被迫啟動，在兩者之間建立交集，建構一個讓不相干元素能夠共處的（想像的）「集合」。我想我最好舉例說明，讓大家知道怎樣是好的想像力二元相生：由兩個小朋友在對方不知情的情況下各說一個詞彙，或是抽籤，或是用手指在字典上相隔兩頁的地方任意指出兩個字。

　　我在小學任教的時候，會請一個小朋友到立式黑板正面寫一個詞彙，同時請另一個小朋友到大家看不到的黑板背面寫一個詞彙。這個小小的準備儀式有其重要性，會讓人心生期待。如果小朋友在大家的注視下寫出「小狗」，這個詞彙頓時意義非凡，蓄勢待發準備成為驚喜的一部分，或參與出人意表的大事件。這時候「狗」不再是隨便一隻四足哺乳動物，牠搖身一變成為冒險犯難的主角，躍躍欲試，充滿想像。假設我們把黑板轉過來，看到背面寫的是「衣櫥」，會迎來哄堂大笑。如果寫的是「鴨嘴獸」

或「四面體」未必更受歡迎。衣櫥若單獨出現，不會讓人笑，也不會讓人哭，不痛不癢，無功無過。但我們若是把衣櫥跟狗放在一起，結果完全不同。那是一大發現，全新創意，令人眼睛爲之一亮。

多年後，我讀到德國超現實主義藝術家馬克斯·恩斯特（Max Ernst）撰文解釋他的「系統性錯置」創作概念。他也提到衣櫥這個圖像，那座衣櫥出現在義大利超現實畫派大師德·奇里訶（Giorgio de Chirico）的一幅畫中，背景是古典風格的自然地景，有橄欖園和希臘神殿。此一「錯置」是衣櫥莫名出現在毫不相干的背景中，於是衣櫥變成一個神祕物。或許裡面掛滿衣服，或許沒有，但肯定充滿魅力。

蘇聯形式主義先驅維克托·什克洛夫斯基（Viktor Šklovskij）談及「疏離」（俄文是 ostranenije）效果的時候，以俄國小說家托爾斯泰對一張沙發的描述爲例，說他用的措辭彷彿之前從未看過沙發，也從未想過沙發可能的用途。

在「二元相生想像力」中，不以日常角度思考詞彙意義，而是將詞彙從平時的語言鏈中解脫開來，「被疏離」，「被錯置」，被拋進從未見過的天空裡互相碰撞，找到最好的狀態生出故事。

我們接下來就用「小狗」和「衣櫥」這兩個詞彙試試看。

要在兩者之間建立關係，最簡單的操作就是加入介係詞，可以得到下列圖像：

小狗與衣櫥

小狗的衣櫥
衣櫥上的小狗
衣櫥裡的小狗
等等

每一個圖像都提供了我們運用想像力的框架:

1. 「**小狗與衣櫥**」,一隻小狗駄著一個衣櫥走在路上。可想而知,衣櫥是牠的窩,所以牠總是把衣櫥駄在背上,就跟蝸牛總是背著蝸牛殼一樣。以下自由發揮。

2. 在我看來,「**小狗的衣櫥**」比較接近建築師、設計師或豪宅室內裝潢設計師的概念。衣櫥可以放小狗的衣服、防咬口罩、牽繩、防寒雪鞋、有流蘇的束尾帶、狗骨頭、玩具貓和城市地圖(去哪裡買主人的牛奶、報紙和香菸)。我想不出來如何發展出一個故事。

3. 「**衣櫥裡的小狗**」,感覺比較吸引人。柏利菲莫醫生回到家,打開衣櫥想拿睡袍把外出服換下來,結果發現衣櫥裡有一隻小狗。我們原本面臨的挑戰是必須解釋小狗為什麼會在那裡出現,其實可以晚一點再做說明。那一刻比較有趣的是分析當下情形。那隻小狗的品種不明,或許是專門嗅聞找松露的狗,或許是跟仙客來或杜鵑花一樣有毒勿近的凶犬。然而這隻小狗很親人,熱情地搖著尾巴,聽話地伸出前腳來握手,但是無論柏利菲莫醫生

怎麼求牠，都不願意離開衣櫥。柏利菲莫醫生去浴室洗
澡的時候，在浴室的櫃子裡發現另一隻小狗，在廚房放
鍋子的櫥櫃裡、洗碗機裡又各發現一隻小狗，連冰箱裡
都有一隻凍壞的小狗。放掃把的儲藏室裡有一隻貴賓犬，
書桌抽屜裡有一隻吉娃娃。柏利菲莫醫生大可以叫門房
來幫他趕走這些入侵者，可是喜歡小狗的他心裡不想這
麼做，反而跑到肉鋪去買了十公斤的菲力牛排招待家裡
那些不速之客。從那天開始，他每天都買十公斤的肉，
這麼做實在太顯眼，肉鋪老闆忍不住心生懷疑。有人開
始說閒話，流言蜚語漸漸傳開來，誹謗中傷不斷。柏利
菲莫醫生該不會在家裡窩藏了許多間諜吧？他買那些後
腿肉和肋排是不是為了做什麼邪惡實驗？可憐的柏利菲
莫醫生再也沒有病人找他。有人去警察局告密，局長下
令搜查他家，結果發現倒楣的柏利菲莫醫生之所以被警
察上門搜查了一遍又一遍，只因為他是愛狗人士。如此
云云。

　　故事說到這裡算是提供了「基本素材」，寫出最終成品是作
家的事。我只想釐清想像力二元相生的用法，無厘頭也沒關係。
小朋友都能輕鬆掌握這種技巧，而且樂在其中，這是我在義大利
多所學校檢驗的結果。當然，做練習的確很重要，之後我們會談
到這一點，但是不能輕忽快樂的效應。整體來說，我們在學校裡
笑得太少。大家總認為學校教育應該是很嚴肅的事，這個觀念很

難扭轉。義大利文人賈科莫・萊奧帕爾迪（Giacomo Leopardi）對此有所察覺，他在《雜思筆記》（*Zibaldone di pensieri*）一八二三年八月十日那篇寫道：

我們最美好、幸運的童年時期，因為教育及教育體制，飽受各種折磨，感受各種焦慮、擔憂和疲累，以至於成年後即使不快樂……卻不願回到童年，因為害怕再次承受經歷過的種種苦痛。

4.
「燈」和「鞋」

　　想出下面這個故事的是雷久·艾密里亞市黛安娜幼稚園一個五歲半的小男孩，還有他三個同學共同參與。這個想像力的「二元相生」來自「燈」和「鞋」，是（我在課堂上分享這個技巧的第二天）老師建議的。不多贅言，讓我們一起來看這個故事：

　　　很久很久以前有個小男孩總愛穿他爸爸的鞋子。爸爸受不了小男孩老是拿走自己的鞋，有一天晚上把他吊起來掛在燈上。結果小男孩半夜摔下來，爸爸聽到聲音：「怎麼回事，有小偷嗎？」

　　　他走出去一看發現小男孩倒在地上，跟燈一樣全身發光。爸爸轉了轉他的腦袋，沒辦法把燈關掉，又拉了拉他的耳朵，沒辦法把燈關掉，又試著壓他的鼻子，沒辦法把燈關掉，拉扯他的頭髮，沒辦法把燈關掉，按壓他的肚臍眼，沒辦法把燈關掉。最後爸爸把小男孩腳上的鞋脫掉，總算成功地把燈熄了。

故事結局（出自另一個小男孩的建議，而非主要敘事者）十

分受到小朋友喜愛，大家熱情鼓掌回應。最後這個意象讓故事邏輯完美收尾，並且擁有完整意涵。但事情不只如此。

我想佛洛伊德本人，或是他的鬼魂，聽到這個可以輕鬆套用伊底帕斯情結加以詮釋的故事，恐怕也會情緒激動：小孩老是穿爸爸的鞋（意味著給爸爸「穿小鞋」），形同打算取代母親身邊的父親角色，而從爸爸把他吊起來開始，我們看到了抗爭，還有各種死亡意象。「吊掛」也是「吊死」、「絞死」的意思。小男孩掉下來之後是「倒在地上」，還是「埋在地下」？答案顯而易見，只要正確解讀「燈熄了」這句話，就知道故事悲劇收場。「熄燈」和「死亡」是同義詞：「在主的親吻下熄燈」，墓園牆上的亡者姓名旁都是這麼寫的。強者和成年人獲勝。獲勝時刻是午夜，那是屬於亡靈的時刻……而且死亡之前還有刑求：轉腦袋、拉耳朵、壓鼻子……

但是沒有心理分析師同意，我不會繼續往下談這個練習。還是讓有能力的專業人士說話吧……

如果說二元相生的想像力無意識地主導了整個故事，展演了這齣戲碼，我認為其精確的介入點應該是「鞋」這個字，在一瞬間喚醒了孩童的經驗回響。所有小孩都喜歡穿爸爸和媽媽的鞋子，為了變成「他們」，變得更高，或者只是為了變成「他人」。喬裝打扮這個遊戲，除了象徵意義非凡，也因為滑稽可笑所以好玩。那其實是一齣舞臺劇，假裝成別人，把自己放在一邊，虛構一個人生，揣摩新的舉止行為。可惜小朋友通常只有在狂歡節的時候才能戴面具，穿上父親的西裝，或套上老奶奶的襯裙。應該隨時在

家裡準備一籃不穿的舊衣服，讓小朋友玩喬裝打扮的遊戲。雷久‧艾密里亞市的幼稚園準備的可不是一籃舊衣服，而是一整個衣帽間的舊衣服。在羅馬的薩尼歐街市集，可以買到各式各樣的過時服飾或晚禮服。我女兒還小的時候，我們常去那裡尋寶，好充實家裡的舊衣籃。她朋友爲了那一籃衣服，特別喜歡來我們家。

爲什麼故事裡的小孩一直「發光」（accesso）呢？尋找相似的詞彙或許就能找到答案：小男孩跟燈泡一樣「吊掛」（attaccato）在燈上，於是他的行爲舉止也變得跟燈泡一樣。如果小男孩在父親一把他吊掛在燈上的時候就開始「發光」，那麼這個解釋可以說得通。可是故事進行到那裡，小男孩並沒有被點亮，而是在他掉下來的時候才開始「發光」。我想這個想像力之所以需要一點時間（電光石火的瞬間）才發現那個相似詞彙，是因爲相似詞彙並沒有立刻在「視覺」中出現（敘事者「看見」小男孩「被吊掛」，看見他「發光」），而是從語句選擇軸上冒出來。故事一邊在進行，說故事的小男孩一邊在腦中「分區」執行另一個工作：回應「吊掛」這個詞彙。於是有了一個語言鏈：「掛」（attaccato）、「吊」（appeso）、「發光」（acceso）。詞彙類比和低調的韻腳自動形成了視覺畫面的類比。總而言之，這是備受推崇的維也納學者佛洛伊德研究夢的創作過程時所描述的「圖像凝結」。由此觀之，這個故事的效果很像是「睜著眼睛做夢」，因爲故事的氛圍、荒謬的安排和主題交錯重疊皆是如此。

父親想要「熄滅」那個「小男孩／燈泡」的企圖由此氛圍而生。因爲這個類比，主題被迫起了變化，但是往不同層面發展：來自

關燈經驗的必要手勢（轉燈泡、按壓開關、拉繩鏈等等），對自己身體的認識（所以會從頭開始，再移動到耳朵、鼻子、肚臍眼等等）。這是一個集體遊戲，主要敘事者只是把一切拉進來的引爆點，模控學[1]學者會說這叫作「擴散」效應。

這幾個小朋友一面尋求變化，一面互相觀察，希望能從旁邊的人身體上找到靈感：於是「現實」介入了故事，「現實」圖像被賦予了新的意義，這個過程就像是詩人寫詩的時候，韻腳發揮功能，啓發了與抒情情境無關的意義。那一連串的動作手勢形同押韻，但不是發音上的押韻，而是「對偶」，其實更容易做到。童謠就是如此。

故事結尾的變化：「爸爸把小男孩腳上的鞋脫掉，總算成功地把燈熄了」，意味著跟夢境徹底決裂，那是一個有邏輯的結論，讓小男孩一直「發光」的是父親的鞋，鞋子是一切的開端，所以只要把鞋子脫掉，光就會消失，故事就會結束。所以是一個有邏輯的雛形思維在操控「爸爸的鞋」這個神奇工具，而且方向與故事剛開始的發展相反。

孩子一旦有所察覺，就將「可逆性」這個數學元素引入自由發揮的想像力中，不過只限於隱喻，而非概念。我們之後再來談概念，然而，或許這個寓言性圖像已爲建構概念打下了基礎。

1　模控學（cybernetics）由美國數學家維納（Norbert Wiener, 1894-1964）提出，他認為很多自動化機器透過感應器傳遞或接收訊息的方式，與人類神經系統的運作及控制模式相同，因此模控學適用於跨領域研究：為了改善控制對象的功能及發展，需要控制訊息傳遞及訊息回饋，並研究其後續影響。「Cybernetics」一詞源自古希臘文，意為掌舵者。柏拉圖將其應用於政治，認為是治理人的藝術，亦即政府功能。

最後值得一提的是（就這個案例而言），這個故事裡面的「價值觀」。從傳統文化模式的角度來看，這是一個不聽話受到懲罰的故事。父親是該遵從的對象，所以他有權力施以懲罰。此舉讓故事不至於逾越家庭道德觀的界線。

父親出手懲戒，讓這個故事「上天遁地無所不包」：包括無意識衝突、經驗、記憶、意識形態、詞彙的各種功能。若純粹從心理學或精神分析角度來解讀，還不足以說明我利用有限文字篇幅企圖呈現的所有面向。

5.
如果……會發生什麼事？

諾瓦利斯說：「假設是一張網，你把網撒出去，早晚總會打撈點什麼上來。」

最有名的例子莫過於：如果一個人醒來發現自己變成了一隻髒兮兮的蟲子，會發生什麼事？關於這個問題，卡夫卡（Franz Kafka）用《變形記》（*Die Verwandlung*）表達了他的看法。我不敢說那部小說源自於這個問題，但故事的表現形式，包括敘事的開展，一路到後續的悲劇結果，肯定都源自那異想天開的假設。在那個假設裡面一切都符合邏輯及人性，對不同詮釋採取開放態度；象徵符號自給自足，也有很多讓人可以融入的現實面。

所謂「異想天開的假設」，其實是極其簡單的技巧。其形式就是本章剛開始的那個問題：**如果……會發生什麼事？**

若要假設問題，只需隨意選一個主語和一個謂語，兩者加起來就是一個假設問句。

假設主語是「雷久·艾密里亞市」，謂語是「飛」，那麼問題就是：如果雷久·艾密里亞市飛到空中，會發生什麼事？

假設主語是「米蘭」，謂語是「被海水包圍」，那麼問題就是：如果米蘭突然被海水包圍，會發生什麼事？

這兩個例子的敘事事件可以自發地無限增生。為了累積臨時素材，我們可以想像不同人面對這些匪夷所思的消息、各種意外或爭執會有什麼反應。這是典型義大利前衛主義作家帕拉澤思齊（Aldo Palazzeschi）晚期的作品風格。我們可以選一個主角，假設是一個小男孩，讓各種奇怪的偶發事件像旋轉木馬一樣繞著他轉。

我發現住在鄉間的小朋友遇到這樣的故事主題，通常會認定第一個發現不尋常現象的人是麵包店師傅，因為他是最早起床的人，比敲鐘叫大家去望彌撒的人還早。如果在城市裡，那麼第一個察覺異狀的人會是夜間巡邏員，然後要看他是以公務為重，還是以家人為重，來決定接下來先通知市長，還是自己的妻子。

城市裡的小朋友幾乎只能安排他們不認識的故事人物採取行動。鄉下小朋友比較幸運，不會被迫去找某位不知名的麵包師傅，他們第一個想到的會是麵包師傅朱瑟培（對我來說，麵包店的師傅就只能叫這個名字——我父親就開麵包店，他就叫朱瑟培），他會幫助小朋友把認識的親戚朋友帶進故事裡，故事立刻就變好玩了。

在我之前提過發表在《國家晚報》上的文章裡，我問了這樣的問題：

- 如果西西里島的釦子掉了，會發生什麼事？
- 如果有一隻鱷魚在你家門口敲門，想跟你要一點迷迭香，會發生什麼事？
- 如果你家的電梯墜落到地心或被噴飛到月亮上，會發生

什麼事？

只有第三個問題後來變成我的一則故事，主角是在咖啡館打工的一名小夥子。

越是稀奇古怪、令人意想不到的問題，小朋友越覺得好玩，因為接下來要就主題進行發揮的時候，都是用已知的發現去執行和發展，除非他直接介入（帶入自己的個人經驗、生長環境和社群），或是用不尋常的方法處理對他而言已經滿載意義的現實問題。

不久前，我在一所中學跟學生一起擬出了這個問題：如果有一隻鱷魚參加電視益智綜藝節目《勝者全拿》（*Rischiatutto*），會發生什麼事？

這個題目激發了很多創意，大家彷彿找到了看電視和評論自己看電視經驗的全新觀點。其中有幾個非常好的創意，包括鱷魚要求以魚類學專家身分參加益智節目，又如何與電視臺目瞪口呆的工作人員對話。結果答題的時候鱷魚戰無不勝，每次翻倍下注，牠都能把競爭對手吃掉，而且連一滴鱷魚眼淚都不流。最後他把主持人麥克‧布翁玖諾（Mike Bongiorno）也吃掉了，卻反而被節目助理莎賓娜（Sabina Ciuffini）吞下肚，因為現場觀眾都是她的死忠粉絲，無論如何也要讓她獲勝。

後來我重寫了這個故事，做了不少更動，收錄在我的《打字機短篇故事》（*Novelle fatte a macchina*）書中。那隻鱷魚在我的故事裡是貓糞專家，以糞便為題材，可以有效遏止故事的神話功能。故事最後莎賓娜沒有吃掉鱷魚，但是她逼著鱷魚把之前被牠吞下

肚的參賽來賓從最後一個開始依序吐出來。

　　我想這不再是無厘頭故事，很明顯的，我們是用想像力主動跟現實建立關係。

　　我們可以用人的高度看世界，也可以用雲的高度看世界（有飛機，一點都不難）。我們可以從大門走進現實中，也可以從小窗戶鑽進去，後者自然比較好玩。

6.
列寧的外公

　　這一章接續前面的討論。我太喜歡〈列寧的外公〉這個標題，不惜任性放棄行文編排的節奏。

　　列寧外公的家在鄉間，距離韃靼斯坦自治共和國首都喀山不遠，矗立在一座小山丘上，山腳下則有一條流經集體農莊的小溪，他常帶鴨子去溪畔散步。那個地方很不錯，我跟我的韃靼友人在那裡暢飲過好酒。

　　他家客廳有一面牆對著花園，開了三扇大窗戶。幾個小孩（其中包括佛拉迪米爾·烏里揚諾夫〔Volodja Ul'janov〕，也就是後來我們知道的列寧）都愛從窗戶進出，不走大門。外公布蘭克是醫生，睿智的他沒有貿然阻止小孩純真的樂趣，反而在窗戶底下擺了幾張結實的小板凳，方便小朋友進出，以免他們不小心摔斷脖子。我覺得這是協助孩童發揮想像力的最佳案例。

　　我們也用故事和發想故事的想像過程，幫助孩子從窗戶、而非大門進入現實世界。這麼做更有趣，也更有效。

　　而且這麼做並不妨礙我們以更需要花工夫處理的假設與現實接軌。

　　舉例：如果有一天全世界從北到南每個地方的現金忽然間全

部消失不見，會發生什麼事？

　　拿這個題目做想像力練習，對象當然不限於孩童，正因為如此，我認為這個題目更適合小朋友，因為他們向來喜歡跟超越自己能力所及的問題較量。那是他們成長的唯一方法。我們不需要懷疑，他們要的，而且優先考量的，就是成長。

　　事實上，我們往往只在口頭上給予孩童成長的權利。他們一旦當真，大人就以威權進逼阻止他們成長。

　　我要提醒大家注意的是，整體而言，「異想天開的假設」只不過是「想像力二元相生」的一個特殊案例，是某個特定主語和特定謂語之間的任性結合。「二元」的組成元素固然會變，但其功能不變。前面幾章描述在一般情況下，我們討論的是由兩個名詞組成的「二元」。但是在異想天開的假設裡，二元可以是一個名詞和一個動詞、一個主語和一個謂語，或是一個主語和一個定語。

　　舉例：

－　名詞和動詞：城市、飛
－　主語和謂語：米蘭、被海水包圍
－　主語和定語：鱷魚、貓糞專家

　　「異想天開的假設」肯定還有其他形式的組合。不過就這本書的宗旨而言，我之前說的那些已經足夠（為獲得韻腳而使文法破格，這樣的手法具有挑釁意味，希望大家有注意到）。

7.
隨遇而安的前綴詞

想讓詞彙具有生產力（我指的是在想像力方面具有生產力），其中一個方法是「扭曲」它。孩子會因為好玩這麼做，這種「文字遊戲」的本質很嚴肅，可以幫助孩子探索詞彙的種種可能，支配詞彙，迫使詞彙往未曾嘗試的方向傾斜；同時鼓勵他們享受「言說者」的自由，讓他們有權擁有**個人**詞彙（感謝你，索緒爾先生〔Ferdinand de Saussure〕）；也鼓勵他們不再墨守成規。

這個遊戲的精髓在於隨時加入前綴詞，我已經做過多次示範。

只要在「削筆器」（temperino）前面加上表示否定、相反、解除等意的 s，原本讓人覺得具有危險性和攻擊性、卻常常忽略的日常生活用品，頓時變成充滿想像力、不具殺傷力，無法削尖筆芯、但可以讓筆芯長出來的神奇法寶「長筆器」（stemperino）。長筆器肯定不受文具店老闆和消費主義思維的歡迎，而且多少帶點性暗示，雖然掩蓋得很好，但小朋友依然可能有所察覺（認知層面底下的察覺）。

另外一個例子是在「吊衣架」（attaccapanni）前面加上 s，變成「掉衣架」（staccapanni）。在櫥窗沒有玻璃、商店沒有收銀臺、衣帽寄放室不提供收據的國度裡，掉衣架不用來吊衣服，而

是讓有需要的人隨時可以把衣服拿走。前綴詞 s 把這個國家變成了烏托邦。沒有人禁止我們想像：將來有一天，某個城市裡的水、空氣和保暖大衣都是免費供人取用的。烏托邦跟批判精神一樣具有教育意義，只要把烏托邦從知性世界（義大利新馬克思主義學者葛蘭西〔Antonio Gramsci〕認為那是一個有條不紊的悲觀世界）搬到意志世界（葛蘭西認為這個世界的主要特色是樂觀）裡就好。無論如何，儘管放手去做吧，就算是吊衣架，也不過是一隻「紙老虎」。

我杜撰的〈加了 S 的國度〉（Il paese con l'esse davanti）故事裡還有「反砲」（scannone），可以讓戰爭「瓦解」，而非製造戰爭。就這個例子來說，「無意義的意義」（這句話出自義大利作家阿豐索・嘉托）不言而喻。

加上前綴詞 bis 之後，我們可以玩的文字遊戲有「雙生筆」（bispenna——或許一起上學的雙胞胎可以用），還有「雙生菸斗」（bispipa），應該適合菸癮很大的人，以及「雙生地球」（bisterra）⋯⋯

　　宇宙中有另外一個地球。我們同時住在這個和那個地球上。這裡正著來的事情，那裡都得倒著來。反之亦然。我們每個人在另一個地球上都有一個分身（科幻小說已經提出過類似的各種假設，所以我認為可以跟小朋友談一談）。

我在以前寫的一篇故事裡，就出現過以表示尊貴、領先的前

綴 arci 開頭的「天狗」（arcicani）、「天骨頭」（arciossi），[1] 也出現過「三眼望遠鏡」（trinocolo）。同樣用 tri 開頭的詞彙還有三眼乳牛（trimucca），只可惜動物學沒有相關記載。

我的檔案資料裡還有「反傘」（antiumbrella）這個詞，但我至今仍未想出它的用途……

若想要破壞什麼東西，可以善加利用 dis 這個前綴詞。例如「破作業」（discompito），也就是說在家裡不需要寫功課，而是要把作業簿拆解成碎片……

回頭談動物學。要想擺脫前綴詞總是「獨占鰲頭」的束縛，我們可以往「狗科」（vicecane）、「貓屬」（sottogatto）的動物名發展。[2] 我推薦這些動物給需要充實自己故事的人。

我想順帶推薦一個詞彙給寫出《分成兩半的子爵》（*Il visconte dimezzato*）的卡爾維諾（Italo Calvino）：「半人半鬼」（semifantasma）。半個是有血有肉的人，另外半個則是披著床單戴著鐵鍊的鬼，應該可以輕鬆創造出讓人驚嚇又有喜感的絕妙故事。

漫畫作品裡早已有了「超人」（superman），這是典型的「具想像力的前綴詞」案例（其實抄襲了尼采的「超人說」，可憐的

1　天狗和天骨頭的故事出自《聖誕樹星球》（*Il pianeta degli alberi di Natale*），主角是九歲的馬可，騎著聖誕節前夕爺爺送的生日禮物搖搖馬，展開一場太空之旅，來到從沒聽過的聖誕樹星球上，認識了全新的世界，努力像個大人一樣解決所有難題。天狗是令星球居民很頭痛的一種飛天狗，體型碩大，叫聲震耳欲聾，馬可原本想讓居民用暴力殺死天狗，但是大家不懂「殺」這個字的意思，最後馬可想到用天骨頭讓天狗乖乖聽話，居民為他立了一尊雕像，以示感激。

2　在義大利文中，這類動物的名字是將狗（cane）與貓（gatto）放在前面，再加上後綴，例如：gattopardo（豹貓）。

尼采）。如果想要「超級足球員」（supergoleador）或「超級火柴」
（superfiammifero，可以讓整條銀河燒起來的那種），也都可以自
行製造。

特別具有生產力的前綴詞，我認爲是二十世紀才出現的幾個
新秀。

如微型（micro）、迷你（mini）、巨型（maxi）。現成就
有的詞彙包括「微型河馬」（microippopotamo），可以養在家
中水族箱裡；「迷你摩天大樓」（minigrattacielo），是一個「迷
你方盒子」（minicassetto），住在裡面的都是「迷你億萬富翁」
（minimiliardari）；「巨型棉被」（maxicoperta）在冬天可以蓋住
所有快凍死的人……

值得一提的是，「具想像力的前綴詞」也算是一種「二元相
生想像力」。前綴詞（**prefisso**）和二元相生（**binomio**）這兩個術
語，前半都是爲了衍生出新意象而精心挑選的前綴詞，後半則是
讓「扭曲」師出有名的普通詞彙。

我如果要設計一個練習，會隨意寫下兩行前綴詞和名詞，然
後抽籤決定雙方如何搭配組合。我試過：用這種方法湊對，九十九
對在婚禮進行到午宴的時候就宣告分手，第一百對才能幸福美滿、
多子多孫。

8.
創造性的錯誤

　　一個無心之錯往往能發展出一個故事，這已經不是新聞了。如果打字的時候誤把「拉普蘭區」（Lapponia）打成「山莓區」（Lamponia），會發現一個隱藏在樹林裡、氣味香甜的全新國度，把這個地方從地圖上刪除其實很可惜，不如以觀光客身分出發，到那裡做一趟想像之旅。

　　如果有小朋友在筆記本寫下「加爾達之針」（l'ago di Garda），他可以選擇用紅筆糾正錯誤，寫出正確的「加爾達湖」（lago di Garda），也可以選擇順著這個大膽的建議往下走，把標示在義大利地圖上、極為重要的這根「針」（ago）的故事和地理位置寫出來。月光會在針尖上或針眼上閃爍？這根針會不會刺傷鼻子？等等。

　　創造性錯誤的絕佳範例，根據美國學者斯蒂思・湯普森（Stith Thompson）所言（詳其作品《民間故事》〔_The Folktale_〕[1]），是法國作家夏爾・貝侯（Charles Perrault）版的《灰姑娘》：女主角遺落的那隻鞋本來應該是松鼠毛（vaire）材質，卻因為一個美麗的錯誤變成玻璃（verre）。玻璃鞋自然比毛皮拖鞋更讓人有想像

1　作者參閱版本為試金天秤出版社的義大利文版：_Le fiabe nella tradizione popolare, Il_ Saggiatore, Milano 1967, p. 186。

空間，也更有誘惑力，即便那是雙關語或謄寫失誤的結果。

認真想想，拼寫錯誤可以產生各種富有教育意義的逗趣故事，甚至還隱隱約約夾帶了意識形態。像出現在我《錯誤故事集》（*Il libro degli errori*）一書中的「義大伊亞」（Itaglia），比「義大利」（Italia）多了一個 g，這可不是教學示範錯誤，真的有人會這麼喊，而且是聲嘶力竭地大喊多加了一個 g 的「義大伊亞」、「義大伊亞」，帶著過多的法西斯民族主義情結。義大利不需要那個 g，需要的是誠懇廉潔的義大利人，或是睿智的革命家。

如果義大利辭典中所有詞彙都少了 h（小朋友寫字的時候常常遺漏），會出現很有趣的超現實畫面：可愛小天使（cherubini）變成車魯比諾一家人（cerubini）[2] 從天而降；大火車站克烏西－克揚恰諾（Chiusi-Chianciano）的站長降階，變成沒人聽過的啾吸－鏘恰諾（Ciusi-Cianciano）站主任，覺得自己不受重視，或遞出辭職信，或向工會投訴。

不過，很多小朋友犯的所謂「錯誤」是另一回事，屬於自發性創意，用以領會對他而言陌生的事物。小朋友聽到「藥丸」（pasticca）和「小藥丸」（pasticchina），不覺得有任何意義，無法產生信任感，等到他們把物件和相對應的行為做連結之後，就變成了「咬咬丸」（mastichina）。所有小朋友都會自行發明類似的詞彙。

有一個小女孩從幼稚園回家之後問媽媽說：「我不懂，修女

2　Cerubini 是義大利姓氏 Cerubino 的複數形。

每次都說聖約瑟是大好人，可是今天早上她說聖約瑟是耶穌基督最壞的（piú cattivo）爸爸。」顯然她無法理解「養父」（padre putativo）這個詞的意義，便從聲音出發尋找她最熟悉的文字形式再加以詮釋。每一位母親應該都記錄了不少類似的奇聞軼事。

每一個錯誤都有可能發展出一則故事。

有一次，一個小男孩把「家」（casa）寫成了「箱子」（cassa），這種錯誤比較罕見，我建議他乾脆就寫一個男人住在箱子裡的故事。其他小朋友也紛紛跟進。最後寫出了好多故事：有一個男人住在棺材裡，另外一個小個子男人只需要裝蔬果的木箱就能睡覺，結果他跟綠花椰菜和胡蘿蔔一起被載到市場上，還有人想要論斤秤兩把他買回家。

書（libro）多了一個 b 變成磅（libbro）之後，會是怎樣的一本書？比其他書更重？一本錯誤的書？還是一本獨一無二的書？

左輪手槍（rivoltella）如果少了一個 l 變成 rivoltela，變成缺了零件的手槍，開槍後射出的會是子彈、羽毛，抑或是一朵小花？

嘲笑錯誤這個行為是一種切割。正確詞彙是相對於錯誤詞彙而存在的。從相對性角度回頭來看「二元相生的想像力」，善加利用有意或無意的錯誤是有趣且微妙的作法。「二元相生」這個術語賦予「想像力」生命，彷彿一種單性生殖關係。「垃圾桶蛇」（serpente bidone）源自發音相似的「蟒蛇」（serpente pitone），跟低音大提琴（contrabbasso）源自石頭（sasso）自然有所不同。而「水」（acqua）如果少了 q 變成 acua，發音相同的兩者關係依然緊密，也就是說後者的意思只能從前者推演而來，是前者生的

一場「病」。另外一組對照是「心」（cuore），以及用 q 替換了 c 的 quore。毋庸置疑，後者是一顆生病的心，因爲缺乏維他命 C。

　　有時候錯誤可以揭露被掩蓋的事實，前面提到多了一個 g 的「義大伊亞」就是。

　　還有一種詞彙，可以犯各種不同錯誤，由此發展出很多不同的故事。例如「汽車」（automobile，自動車）：「八輪車」（**otto**mobile），「高輪車」（**alto**mobile）、「克車」（**etto**mobile），以及「貴族車」（auto**nobile**，這輛車大概是一位女公爵，無法待在任何一個陰暗的車庫裡）。

　　在錯誤中學習，這是一句古老諺語。新諺語應該是：在錯誤中創造發明。

9.
百玩不厭的遊戲

　　我們也可以透過達達主義和超現實主義藝術家玩的一些遊戲，來探索想像力這個主題。這些遊戲顯然比上述兩個藝術運動的時間早，但是為了方便起見，我們還是把這些遊戲稱為超現實習作吧，算是對超現實主義創始人布勒東表達遲來的敬意。

　　其中一個遊戲是將報紙標題剪下來之後混在一起，排列出荒謬、駭人聽聞或逗趣的新聞事件：

聖彼得大教堂

受了刀傷

帶著贓款逃往瑞士

在高速公路上發生嚴重車禍

跳著一首又一首探戈舞曲

向義大利文學大師曼佐尼致敬

　　我們可用這個方法寫詩，或許很無厘頭，但是絕對有其魅力。只需要一份報紙和一把剪刀。

　　我不會說這是閱讀報紙最好的方式，也不會說為了讓小朋友

可以動手把報紙剪得支離破碎，所以應該把這個方法引進學校。紙張不容褻瀆，新聞自由亦然。但是這個遊戲無損我們對印刷品的尊重，雖然報紙的崇高地位或許會受到影響。不過創作故事，也是一件很嚴肅的事。

用上述操作方式製造出來的稀奇古怪事件，不管什麼時候看都令人發噱，同時也提供了發展故事的各種素材。不管用什麼角度研究這個遊戲，我覺得都是好的。

就技術層面而言，這個遊戲把詞彙的「疏離」過程推到極致，並且引發一連串的「二元相生想像力」作用。或許這時候我們應該說「多元相生的想像力」？

另外一個遊戲全世界都在玩，就是紙條問答。

遊戲從一連串的問題開始，這些問題串起了敘事中的系列事件發展，例如：

他是誰？

他在哪裡？

他在做什麼？

他說了什麼？

大家說了什麼？

後來怎麼了？

第一個人回答完第一個問題後把答案紙對摺，不讓其他人看到答案。第二個人回答第二個問題後也把答案紙對摺，以此類推，直

到所有問題結束，再把答案拿出來，像看故事一樣依序閱讀。這些答案很可能毫無意義，也有可能勾勒出一個歡樂故事的雛形，例如：

一個死人

在比薩斜塔上

補襪子

他說：三乘以三等於多少？

大家齊聲同唱〈飛吧，思想〉[1]

最後以三比零結束。

（寫出這首美麗的詩純粹出於巧合。）大家可以一邊看答案一邊笑，事情到此結束；也可以做進一步分析，好繼續發展下一個故事。

究其實，這跟隨機選擇詞彙當作故事主題並無差別。根本的差異在於，用問答遊戲得到的是「隨機構局」。不是「二元相生」的想像，而是「情節」的想像。只要改變問題或增加問題的難度，每個人都可以從這類習作得到令人振奮的結果。

另外一個有名的超現實遊戲是多人聯手完成一幅畫。小組中第一個人可以畫人像或圖像，也可以畫一個符號，無論這個符號

1　〈飛吧，思想〉全名為〈飛吧，思想，乘著金色的翅膀〉（Va, pensiero, sull'ali dorate），是義大利歌劇家威爾第（Giuseppe Verdi, 1813-1901）歌劇作品《那布果》（*Nabucco*）中的合唱曲，描述西元前六世紀猶太人戰敗成為奴隸，渴望重返家園的心聲。創作時機正值義大利為擺脫奧地利統治發起獨立運動抗爭期，因此迅速在民間傳唱開來，被義大利人視為第二國歌。

是否具有意義。第二個人沿用第一個人的符號作爲不同意義的新圖像元素，無須顧及其原始意義。第三個人作畫不是爲了補足前面兩個人的空白，而是爲了改變、曲解其方向。最後結果大都是讓人看不懂的畫，沒有任何明確形式，所有元素一個串接一個，形成一種永不停歇的組合變化。

我看過不同孩子玩這個遊戲玩得樂此不疲，而且很快就能掌握遊戲規則。假設第一個小朋友畫的是眼睛形狀的橢圓形，第二個小朋友對這個橢圓形有不同詮釋，添上了兩隻雞爪。第三個小朋友在應該是雞頭的位置畫了一朵花。最後完成的作品如何並不重要，重要的是遊戲過程中大家如何競相創作，壓制其他人的圖像，讓自己的圖像取得主導權，以及每一個人加入後帶來的驚喜與發現。義大利符號學家安伯托・艾可（Umberto Eco）或許會把這樣的律動稱之爲「意義的流動交錯」。

不過，還是有可能從這些圖像裡找出故事。一個出乎大家意料之外的人物、妖魔鬼怪，或是一個如夢的場景。這時候詞彙可以讓遊戲繼續下去，再次讓無意義向有意義流動。在這個遊戲中，想像力之所以也能夠被激發，是因爲我們直覺意識到在兩個元素之間建立了一個全新的關聯。以這個例子而言，兩個元素可以是「表現形式」及「內容形式」（借用語言學術語），以各種方式交互作用，但是二元相生依然是它們交流互動的根本。辯證帝國的勢力，開始向想像力的領土擴張。

10.
以卡爾杜齊的詩為例

　　超現實主義藝術家教會我們的，還有「加工料理」一首詩的技巧。可以從聲音連鎖關係、類比關係或意義著手，探索各種可能性，研究想像力這個主題。

　　我們就以義大利桂冠詩人卡爾杜齊（Giosuè Carducci）的知名詩句為例：

Sette paia di scarpe ho consumate.　我穿壞了七雙鞋

　　我們試著「蒙住眼睛」改寫這句詩，寫錯也沒關係，無須尊重原句，儘管放手重組音節，假裝面前是尚待整理就緒的一團亂七八糟的音，可能會得出下面這個結果：[1]

Sette appaiate carpe scostumate　　七雙配對的裸身鯉魚

1　本章中改寫此句的習作，是將義大利文原句以音節為單位重組。中文難以兼顧技巧呈現與語意，故雙語並列，使讀者可看出義文音節變化。理解此技巧後，讀者可自行將中文語句拆解重組練習。

或是：

Se ti parlo di scope oh che sudate　我才跟你説到掃帚你就汗流浹背

這樣玩十幾分鐘後，會發現每個變形詩句都彷彿一座礦藏，可以從中挖掘出新的詩意，組合成下面這首童詩：

Sette paia di scarpe ho consumate	我穿壞了七雙鞋
sette paia di scope	弄壞了七組掃帚
sette sciarpe una trota	七條圍巾和一條鱒魚
una torta di mota	一個泥巴蛋糕
una muta di Portici	一批帳篷
una multa sette multe...	收到一加七張罰單……

做這種練習的目的在於訓練想像力脫離老生常談的軌道，捕捉每一個詞彙散發的靈光，即便詞彙乏善可陳，即便靈光不夠亮，都有可能朝四面八方發散。這個遊戲的特色就是滑稽搞笑。而這首童詩碰巧不但有詩的格律，而且首尾相接，自成一說。

這首童詩不經意勾勒出一個有趣的人物。最後那句「一加七張罰單」，如果我沒有猜錯，應該是暗示有人在收集罰單。他想創下違法金氏紀錄，環遊全世界、遊歷五大洲，收集各種語言的交通罰單：在倫敦違規停車，在布宜諾斯艾利斯阻礙交通，在莫斯科人行道上亂丟香蕉皮等等。這個故事聽起來還不錯。

我們再來看卡爾杜齊另外一首詩：

Verdun vile città di confettieri...	威爾頓，製糖的偏遠小鎮上
città di confetture e di confetti	專做香果醬和杏仁糖
di confezioni e di sorbetti	甜點和冰淇淋果霜
di prefetture e di prefetti...	服務行政公署與行政首長……

看到「杏仁糖」（confetti）和「行政首長」（prefetti）這兩個押韻的詞彙，激發了我的「二元相生想像力」，決定以此寫一首童詩：

Il signor Confetto	首長先生杏仁糖
sta nella confettura,	住在果醬行政公署裡，
col signor Viceconfetto,	與副手半甜杏仁糖
la signora Confettessa	杏仁糖首長夫人同住府邸
il capo di gabinetto...	外加公署幕僚長……

（……未完待續。我心裡有數，這首童詩最後展現的寓意很可能是反對行政公署，因為政府多年來說要廢除這個制度，所以最後故事裡會出現另外一個角色，盯著杏仁糖先生看了很久之後，決定「我要把他吃掉」。）

第三個例子，仍然出自卡爾杜齊教授的名詩：

... rinverdí tutto or ora ⋯⋯才剛剛冒出花苞

我們立刻就能變出這麼一個佳句：

... venerdí tutto odora... ⋯⋯星期五處處香氣四溢⋯⋯

說起來這個故事不是被誘導出來的，而是不得不然，因為「星期五」是一個星期最後一個工作日，那個「香氣四溢」是各種香味的累積。只要把每一天跟香味之間做個連結，就可以寫出某位優雅女士每天換一種香水的短篇故事⋯⋯她今天搽的是星期一香水，另一天搽的是星期三香水，還有星期六香水⋯⋯她常去買冷凍食品的超市裡，大家只要聞到她的香水，就知道今天是星期幾。茉莉花香嗎？今天是星期五，她買魚。帕爾馬紫羅蘭香嗎？今天是星期六，她買牛肚。

沒想到有另外一位優雅的女士搬來這裡，而她用香水的順序跟第一位女士不同。帕爾馬紫羅蘭香是星期五專屬，不是星期六。大家開始搞混日子和香味，引發一連串誤會、鬥毆，亂成一團。故事進行到最後，出現了一個新版的巴別塔神話。如果看得夠仔細，會看出故事裡還夾藏了許多其他意涵。

這些例子說明卡爾杜齊的作品歷久彌新。但同時也清楚呈現這種無意義技巧跟所有小朋友都愛玩的文字遊戲直接相關，重點在於把詞彙當成玩具。除了想像力之外，還有心理層面的因素。

11.
如何寫打油詩

英文「打油詩」（limerick）是一種有組織、有規範的無厘頭詩。英國打油詩人愛德華·李爾（Edward Lear）的作品最有名，卡爾洛·伊佐（Carlo Izzo）翻譯了他的《荒誕書》（*A Book of Nonsense*），由義大利的埃伊瑙迪出版社出版，[1] 這是其中一首：

有個老頭住在沼澤區
為人粗魯又無趣
他坐在圓木上
對著一隻青蛙把小調唱
那個愛說教的沼澤區老迂

打油詩很規矩，少有變化，結構永遠一成不變，蘇聯符號學家契夫央（T. V. Tsivyan）和瑟卡爾（D. M. Segal）對此做過精準分析（該文義大利版翻譯收錄在朋皮亞尼出版社出版的《蘇聯的符號系統和結構主義》[2]）。

1　即 *Il libro dei nonsense,* Einaudi, Torino 1970。內含《荒誕書》與《更荒誕》（*More Nonsense*）。

2　作者參閱版本為：*I sistemi di segni e lo strutturalismo sovietico,* Bompiani, Milano 1969。

第一句說明了主角是誰（「有個老頭住在沼澤區」）。

第二句說明他的個人特質（「爲人粗魯又無趣」）。

第三、四句出現了謂語（「坐在圓木上／對著一隻青蛙把小調唱」）。

第五句以恰如其分又不按牌理出牌的稱號或綽號，點出主角特質作結（「那個愛說教的沼澤區老迁」）。

有些打油詩的變形其實是就同一結構尋找替代形式。舉例來說，說明主角個人特質的第二句未必要直接描述他的人品，可以描述他擁有的某樣東西，或他做的某個舉動。第三、四句的謂語可以替換成旁觀者的反應。第五句可以描述老人遭遇到如何嚴峻的報復，而非只是簡單一句稱號。

我們再看另外一個例子：

第一句：主角

有一老翁住在葛拉尼耶魯

第二句：謂語

總是踮著腳尖走路

第三、四句：旁觀者反應

大家對他說：每次遇到你

都覺得逗趣，滿腹笑意

第五句：結尾稱號

你這迷迷糊糊的葛拉尼耶魯老糊塗

複製這個結構，把它當成寫詩的指導方針，遵守韻腳規範（一、二、五句押同韻，三、四句押同韻），我們就可以寫出李爾風格的打油詩。

第一步：選擇主角

第一句：科莫有位矮個子先生

第二步：用主角的一個行為說明他的特質

第二句：有回他往主教堂塔頂登

第三步：完成謂語

第三、四句：雖然費力登高處

他依然迷你，沒長多少高度

第四步：選擇結尾稱號

第五句：他是科莫的微型矮個子先生

另外一個例子：

有位醫生住在費拉拉那裡

想割除一隻蚊子的扁桃腺體

蚊子一扭頭

用力戳下尖鼻頭

猛刺費拉拉醫生這扁桃腺體迷

這個例子的第三、四句，我們移除了「旁觀者的反應」。除

此之外，結構的韻律很自由，但依然遵守了押韻規範（你們應該發現最後一句又帶回主角身上，其實是在重複第一句的焦點）。我想既然要寫的是無厘頭詩句，就不需要賣弄學問。沿用打油詩的結構，因為它夠簡單，經過檢驗，而且一定會有令人滿意的成果，跟寫學校作業一樣。

我們說的這些技巧，小朋友很快就能上手。跟他們一起想結尾修飾語要寫什麼的時候特別好玩，要有充滿想像力的詞彙、無中生有的形容詞，一隻腳循規蹈矩，另外一隻腳則胡鬧搞笑。很多打油詩未必做得到，但是小朋友很在意這點。

下面是另外一個例子：

有位先生大名菲力貝托
喝咖啡時喜歡把交響樂播
吃甜食要搭配湯匙咖啡杯的叮叮噹音符
他將豎笛、小喇叭和伸縮喇叭都吞下肚
音樂發燒友先生菲力貝托

「音樂發燒友」這名號並無特別之處。有一個小朋友聽完這首童詩之後跟我說，一個會吃樂器的人，應該叫他「音樂老饕」。這位小朋友是對的。

另外有人（這一回是大人）提醒我說，我的打油詩雖然故事略帶荒謬，但算不上是真正的「無厘頭」。他說得也沒錯。但我不知道該怎麼辦，或許事關英文和義大利文之間的差異，抑或牽

涉到義大利或我個人的理性化傾向。

　　跟孩子相處，爲了他們好，必須注意不要給荒謬設限。我不認爲那會對他們的科學養成造成負面影響。更何況，數學也會用歸謬法論證不是嗎？

12.
猜謎

　　寫謎題是做邏輯練習，還是想像力練習？或許兩者皆有。我們可以藉由分析某個眾所周知的簡單謎題，找出其中規則。有一個謎題在以前需要打井水的時代曾經廣為流傳：「笑著下去，哭著上來」（答案：水桶）。

　　既然要故弄玄虛，謎底得經過一個「疏離」過程，與原本的意義和脈絡文本做切割，簡單描述成一個上升下降的物品。

　　讓人做聯想和比對，不描述物的整體，只描述單一特性，例如聲響：水桶吱嘎作響……但是降下水桶準備打水，和打好水拉上來的聲響不一樣……

　　要讓新的定義成立，關鍵在於動詞「哭」背後的隱喻。把水桶拉上來的時候，水桶搖晃，井水溢出滴滴答答……於是水桶「哭」了……「哭著上來」。從這個隱喻生出與之對照的第一個隱喻「笑著下去」。雙重隱喻準備就緒，把日常生活裡的一個普通用具藏了起來，變成一個神祕物品，挑戰你的想像力。

　　分析之後得到的結果是：「疏離－聯想－隱喻」。要寫謎題，這是三個必要步驟。我們可以用一樣東西來測試這個規則是否有效。例如，一支筆（今天用原子筆舉例比鋼筆更簡單）。

　　第一步：疏離。我們假裝自己是第一次看到筆。那是一根塑膠材質的圓柱體或平行六邊形小棍子，尖端是圓錐形，如果劃過白色表面，會留下明顯的痕跡（這個描述乾扁且粗略，若需要更詳盡的說明，得請「新小說派」[1]的作家出馬）。

　　第二步：聯想和比對。剛才提及的「白色表面」，從意象角度出發，提供了其他意義。可以是一張白紙，也可以是一面牆，或皚皚白雪。如果用類推法，出現在白紙上的會是「黑色符號」，如果出現在「皚皚白雪」上，則有可能是一條「黑色小徑」。

　　第三步：結尾的隱喻。我們準備就緒，爲那支筆寫出這樣一個隱喻：「可以在雪地上劃出黑色小徑」。

　　第四步：這一步可有可無，主要是爲了讓神祕描述增添一份吸引力。猜謎的謎題往往會以詩句形式呈現。我們這個例子很容易：

在白雪皚皚田野裡
劃出一條黑色小徑。

　　值得一提的是，第一步看起來只是在做鋪陳，其實十分重要。疏離是關鍵步驟，讓聯想不會太貧乏，多一點可能性，也讓隱喻更教人驚豔（對解謎者來說，這樣的晦澀難解更刺激）。

　　爲什麼小朋友這麼喜歡玩猜謎？我認爲很可能是因爲，猜謎

1　新小說派（le nouveau roman），又有別稱「目光派」（l'école du regard），崛起於法國一九五〇年代，以讀者扮演文本主要角色、場景描寫取代情節敘述、時空交錯等特色，一改巴爾札克以降的傳統寫實風格，受到文學評論界的青睞，也被稱爲反傳統小說。

是他們認識真實世界的個人經驗濃縮，具有象徵性。對小朋友而言，這個世界充滿了神祕色彩，好多事情令人費解，好多人難以言喻。

他們為何出現在這個世界上，也是有待釐清的神祕事件，是待解的謎，他們心中有各種直接或間接的疑問。而認識世界，總是發生得很突然。

因此，以置身事外、玩遊戲，或訓練的方式去體會探索和驚喜，別有一番樂趣。

我認為捉迷藏跟猜謎有異曲同工之妙，不過捉迷藏的主要內容不同，是重新體驗被拋棄、不知所措的感受。也或許是迷路的感受。捉迷藏就像是童話中的小拇指在森林裡玩迷路遊戲。找到方向如同回到人世間，重新取得屬於自己的權利，也就是重生。原本這個世界沒有我，如今有了我。原本我已經消失，如今我再度出現。

反覆接受挑戰，孩子的安全感、成長能力、生存和認識的樂趣都會逐漸茁壯。

關於這部分還有很多可以談，但與這本書的題旨無關，就不離題了。

13.
偽猜謎

　　所謂偽猜謎是指謎題本身就已經隱含了答案。

　　常見的偽謎題形式是：「阿妲、基諾、琵雅和尼諾／一起去採花／哪位神手先採到／又是誰把花收好？」（答案：「伸手」的人〔神手＝伸手〕）。[1] 其實這算不上是猜謎，玩的是諧音，換一種方式重新造句。

　　大家知道的偽謎題不勝枚舉，我再寫一個新的：

　　有一位先生名叫奧斯華多

　　他去非洲熱到發昏發抖

　　忍不住自問：他覺得熱到無力

　　是因為他出生在北義

　　還是因為他叫奧斯華多？

1　原謎題為：Ada, Gino, Pia, Nino / andavano a coglier fiori / Chi sí chi no ne colse / chi fu che ne raccolse?» (Risposta: «Chi si chinò») 直譯為：「阿妲、基諾、琵雅和尼諾／一起去採花／有人有採有人沒採／是誰把花摘起來？」（答案：彎腰的人）此處玩的是 chi no（誰沒有）和 chinò（彎腰）的文字遊戲。

結構跟打油詩一樣。

答案已經寫在詩句裡：奧斯華多先生覺得熱是因為他人在非洲，那個地方本來氣溫就偏高。這則僞謎題用兩個「因為」帶出的「二選一」分散猜謎者的注意力，把答案藏起來。不過光有注意力不足以找出正確答案，還需要有一點邏輯思考力。

下面是另外一個例子：

有一個菜農腦袋空空
把蘿蔔這單字種在菜園中
我想聽聽你們的意思：
長出來的是蘿蔔還是字？

這個僞謎題的答案（「什麼都長不出來」，因為得撒蘿蔔種子才會長蘿蔔，種文字可長不出來）沒有明白寫進詩句裡，「長」這個動詞，是唯一的線索。這個例子要用到的演繹推理比前一個例子更複雜，但形式相同：否定混淆視聽的二選一。我認為這是具有教育意義的習作，因為人生往往如此，想要找到正確答案，必須懂得避開錯誤的選擇。

只要連續讓小朋友做兩三個這種僞謎題的練習，他們就會注意不掉入陷阱，更快找到正確答案。但樂趣並不因此而有所減損。

14.
用民間童話故事做素材

　　不同的想像力練習，從文學遊戲（如義大利文藝復興時期作家斯特拉帕羅拉[1]）到宮廷遊戲（夏爾·貝侯），從浪漫主義到實證主義，都以民間童話故事作為素材。到了我們這個年代，充滿想像力的語史學研究這個偉大工程，促使卡爾維諾彌補了十九世紀義大利語未能受惠於格林兄弟的缺憾。至於童話故事如何因為抄襲而被犧牲，如何受到教育界的曲解，如何遭到商業剝削（迪士尼），真是無辜啊……我就不多言了。

　　在童話故事創作這條路上，有方向不同的兩個幸運兒，一個是安徒生，一個是《木偶奇遇記》的作者卡洛·科洛迪（Carlo Collodi）。

　　安徒生和格林兄弟一樣，在自己國家的童話創作領域嶄露頭角。格林兄弟是德國人，他們的興趣是聽人口述，從民間收集故事後謄寫下來，為當時在拿破崙治下的德意志邦聯留下了一座永

1　斯特拉帕羅拉（Giovanni Francesco Straparola, 1480-1557），著有《歡愉之夜》（*Le piacevoli notti*），收錄七十五篇短篇小說及童話故事，仿效薄伽丘《十日談》架構，以威尼斯狂歡節為背景，連續十三夜說故事。童話故事多取材自民間故事，其中最著名的是〈穿長靴的貓〉，後經夏爾·貝侯改寫廣為流傳。

垂不朽的德語紀念碑（此舉獲得普魯士教育部長的褒揚，讚許他們的愛國精神）。而安徒生則是讓自己記憶中的童話故事重新活起來，對他而言，說故事只是回味童年、重溫舊夢的一種方法，不是為了人民發聲。「我和童話」是安徒生想像力的「二元相生」，有如立於制高點的星宿，引領著他的工作。之後安徒生拋開了傳統的童話故事，尋找新方向，故事裡有多愁善感的角色、日常點滴，甚至還有復仇的情節。民間童話故事的薰陶，經過浪漫陽光加溫，讓安徒生的想像力全然自由釋放，運用合宜不幼稚的語彙跟小朋友說故事。

小木偶皮諾丘則活在義大利托斯卡尼民間童話故事的風景、色調和繽紛色彩裡，但是他在故事裡形同背景板，在紛雜的語言裡彷彿只是素材元素之一。後來小木偶這個故事得到各種不同角度的詮釋，時至今日依然如此，說明故事素材十分龐雜。

從童話故事的角度來看，格林兄弟、安徒生和科洛迪都是偉大解放者，讓兒童文學擺脫了民間學校成立之初被賦予的教化任務（從「冒險犯難」角度觀之，他們的作品讓小朋友知道了印地安人、美洲開路先鋒、探險家、有遠見的殖民者、海盜和私人船隊，所有不守規矩的人都是他們珍貴的盟友）。

安徒生是第一個當代童話的創作者。他故事裡那些過去的人物和主題從不受時間限制的地獄邊緣走出來，在煉獄、地獄或現實中施展身手。科洛迪走在更前面，他讓小孩成為故事主角（以小朋友原本的樣貌，不是老師或神父希望他們成為的樣子），並且讓傳統童話故事中的某些人物扮演全新角色：他筆下的藍髮小

女孩（後來的藍髮仙子）是傳統故事中仙女的遠房親戚，吞火人或綠色漁夫身上也看不出歐洲傳說中的食人魔影子，馬車夫則是搞笑版的巫師。

安徒生最厲害的地方在於他可以讓淡而無味的主題充滿生氣，其「異化」和「放大」的效果絕對可以載入教科書。科洛迪厲害的地方則是對話，他寫過多齣糟糕的喜劇，磨練了很多年。

今天，我們知道的童話故事素材無不經過分門別類、一一剖析，從心理學、心理分析、形構、人類學、結構主義等等角度放大檢視研究，而安徒生或科洛迪當年則對此一無所悉（足以證明他們是天才）。這意味著我們有能力用一整套想像力遊戲來「料理」傳統的童話故事。我在接下來幾章會談談這些遊戲，但是沒有什麼系統，全憑隨興發揮。

15.
誤讀

「很久很久以前，有個小女孩名叫小黃帽。」

「不對，是小紅帽！」

「對，對，小紅帽。她爸爸叫她⋯⋯」

「不對，不是爸爸，是媽媽。」

「沒錯，媽媽叫她去阿姨羅西娜家，帶⋯⋯」

「是去奶奶家，不是去阿姨家！」

諸如此類。

　　這是大家都知道的「誤讀」遊戲，隨時隨地都可以玩。多年前，我在《電話裡的童話》（*Favole al telefono*）也用過。

　　這個遊戲的本質比乍看之下深刻。但是玩遊戲的時間點要選對。對於故事，小朋友有段時間會相當保守，會要求反覆重聽，用詞遣字還必須跟第一次聽到的一樣，這樣他們才能享受認出故事的樂趣，從頭到尾依序銘記在心，重溫第一次相遇時的感受，順序也得分毫不差，包括驚喜、害怕和心滿意足的感覺。小朋友需要秩序和安心，世界不能突然脫離軌道太遠，畢竟他們費了九牛二虎之力才讓那個世界啟動運轉。

剛開始玩誤讀遊戲的時候很可能會惹小朋友不高興，他們會覺得自己暴露在危險之中。如果出現的是大野狼，他們心裡已經做好了準備；但要是出現新的變數，他們就會不安，因為不知道是敵是友。

到了某個時刻，或許是小紅帽對小朋友而言不再那麼重要，或許是他們準備好把小紅帽當作舊玩具拋開的時候，他們就能夠接受對故事進行「諧擬」，一方面是因為如此一來有助於割捨，一方面是因為新的觀點讓他們重新對故事產生興趣，換一個軌道再度出發。這時候小朋友玩耍的對象不再是小紅帽，而是他們自己：他們挑戰自我，不顧恐懼面對自由，承擔風險責任。所以要做好準備，以迎接超乎尋常但不過分的攻擊行為和各種荒謬的巨大轉折。

有些情況下，這個遊戲能發揮治療效果，幫助小朋友擺脫某些成見，讓大野狼不再可怕，敢開口咒罵食人魔，讓女巫變得很可笑，讓（無法隨心所欲的）真實世界和想像世界之間的界線更明確。不過，這要等到大野狼、食人魔和女巫先完成他們肩負的重要任務之後才會發生，時間或早或晚，但也不會太遲。

這個遊戲的另一個意義在於參與者要憑直覺對童話故事進行真正的分析。替代版本或「諧擬」只在與童話故事特質及結構有關的部分才會出現，不會在情節發展過程中單純的文字調度裡出現。這個遊戲的拆解與重組在同一時間進行，而且是實際層面的操作，不是抽象的邏輯操作。

最終結果是「點狀」的，不大可能彙整成一個新的綜合體，

它有自己新的邏輯，在不同童話故事主題中遊走，沒有明確目標。與其說那是一幅畫，不如說是一幅塗鴉。不過我們都清楚塗鴉的用處。

16.
直升機上的小紅帽

　　我在不同學校看過小朋友玩這個遊戲。老師提供幾個詞彙，讓小朋友以此為依據自行編故事。舉例來說，「小女孩」、「森林」、「花」、「大野狼」、「奶奶」這五個系列詞彙足以勾勒出小紅帽的故事，但是第六個詞彙卻打破了這個規則：「直升機」。

　　學校老師或帶領這個實驗的其他人透過這個遊戲／練習衡量孩子遇到新元素和意料之外事件時的反應能力，評估他們是否融會貫通了小紅帽故事裡的詞彙，能不能把這些詞彙放入新的文本脈絡中。

　　仔細觀察，會發現這個遊戲也是「二元相生想像力」的一種，其一是小紅帽，其二是直升機。後者是單一詞彙，前者則是系列詞彙。不過相比之下，前者應該算是系列詞彙的總和。從想像邏輯的角度看很清楚。

　　我想，對心理學家而言，有趣的是當小朋友對故事的熱情冷卻，在他們完全沒有準備，但是有少許提示的情況下，提出這個想像力「題目」所得到的結果。

　　從任教於義大利中部維太伯（Viterbo）的一位幼教老師得知這個實驗後（可惜我已經找不到他的名字和聯絡方式），我在跟

一群小學二年級學生見面時，測試了這個作法。他們被糟糕的教
學模式（抄寫、聽寫等等）日復一日「綑綁束縛」，這種環境實
在不佳。我試圖讓他們開口說故事，但那簡直困難重重，畢竟我
是突然出現的外人，他們不容易理解我要的是什麼。再加上我只
有短短幾分鐘時間，就得轉去其他班級。但我又不願意就這樣離
開，讓他們除了記得有一個奇怪的傢伙為了耍寶一下子坐在地上，
一下子又爬到椅子上，一無所獲（現場有老師和校方視察人員，
為了打破僵局，這些舉動實屬必要）。可惜我沒有隨身攜帶口琴、
笛子或小鼓……

　　終於，我靈機一動，問小朋友是否有人願意跟大家說小紅帽
的故事，女生紛紛指向一個男生，男生又反過來指向女生。

　　被點名的男生把小紅帽故事說完，那應該是他奶奶告訴他的
版本，與其說是童話故事，不如說是一首平淡無奇的兒歌（讓我
想起學校安排的「表演」）。我開口問他們：「現在，請隨便跟
我說一個詞彙。」

　　他們自然無法理解「隨便」的意思，我們必須好好解釋。最
後他們說：「馬。」於是我說了一個小紅帽在森林裡找到一匹馬、
她騎馬趕在大野狼之前抵達奶奶家的故事……

　　這時候我走到黑板前面，在終於跟壁爐一樣溫暖又充滿期待
的靜默中，寫下「小女孩」、「森林」、「花」、「大野狼」、「奶奶」
和「直升機」……我轉過身來，完全不需要解釋遊戲怎麼玩，動
作快的小朋友已經想好，高高舉起他的手。幾個小朋友你一言我
一語編出很棒的故事，說大野狼去敲奶奶家的門，被開著直升機

的公路警察逮個正著。「他在做什麼？他想要幹嘛？」警察起了疑心，立刻降落準備盤查，大野狼連忙逃跑，結果遇到了獵人……

其實這個新創作的故事，內容包含的意識形態值得探究，但我覺得目前時機不對。我們的重點是這過程啟動了什麼。我相信那些小朋友日後會不時想要重玩用新詞彙說小紅帽故事的遊戲，因為他們已經嘗到創作的樂趣。

創作實驗之所以美好，是因為小朋友玩得開心，即便為了達到這個目的（孩子就是我們的最終目標），不得不打破實驗原本的設定。

17.
被翻轉的童話故事

　　誤讀遊戲的另外一個變形，是以更有計畫、有組織的方式翻轉童話主題。

　　小紅帽是壞人，大野狼是好的……

　　小拇指想跟哥哥們一起逃家，拋下貧困的爸爸媽媽，豈料有所察覺的爸爸媽媽在他把米裝進口袋之前，先在口袋上挖了一個洞，於是小拇指逃家的路上沿途撒米。跟原本的故事並無不同，只是像照鏡子一樣一切都反了，左右顛倒……

　　灰姑娘心腸惡毒，不但欺負仁厚的繼母，還搶了姐姐的未婚夫……

　　白雪公主在黑漆漆的森林裡面遇到的不是七個小矮人，而是七個巨人，還變成了他們打家劫舍時的幫凶……

　　把誤讀技巧當作思考方針或設計方向，最後結果有可能是故事局部改變，或全面更新，要看「翻轉」的是一個或是所有故事元素。

　　「翻轉」後的成果，除了讓故事進行「諧擬」外，還能讓故事從一開始就得以自由地往其他方向自主發展。

　　一名小學四年級的男孩特別有創意，他不玩翻轉童話，反而投入了真實故事，或應該說真實的歷史事件：雙生兄弟中的雷穆斯（Remus）殺了羅穆盧斯（Romulus）之後建立的王國不叫羅馬，而是雷馬，因此居民不再是羅馬人，而是雷馬人。改了名字之後，這個民族不再讓人畏懼，反倒讓人覺得好笑。後來迦太基軍事家漢尼拔打敗雷馬人，成為雷馬皇帝云云。[1]

　　這個練習沒有任何歷史意義，如同大家所言，歷史沒有「如果」。與其說這個故事有波赫士（Jorge Luis Borges）的風格，不如說更具有思想家伏爾泰（Voltaire）的精神。或許這個版本最令人激賞的是，那個男孩突顯了在小學教羅馬歷史的方式及主張有多麼可笑，儘管那可能不是他的本意。

1　羅馬帝國是羅穆盧斯殺害雙生兄弟雷穆斯後建立。漢尼拔多次與羅馬帝國交戰，成為羅馬人最大隱患，後來戰事失利流亡海外，最終服毒自盡。

18.
後來發生什麼事？

「後來呢？」小朋友聽到故事中段的時候總會這麼問。

即便故事結束了，依然會有一個「後來」。故事中的人物隨時有可能採取行動，我們知道他們的行為模式，也知道他們之間的關係。引入新的元素會讓整個機制重新啟動，所有那些寫過或想像過《木偶奇遇記》「續集」的人都知道。

一群五年級小學生做的實驗是「讓我們倒退一步」，在讓小木偶皮諾丘變成人形的鯊魚肚子裡加入了一個新元素：在小木偶變成真正小男孩的那一天，老木匠傑佩托突然間想起他被困在鯊魚肚子裡的時候，看到藏在裡面的一批寶藏。皮諾丘立刻開始對那隻鯊魚展開追捕，其實目的是為了尋寶。無獨有偶，綠色漁夫做了海盜，從不知為何跟他成為搭檔的貓和狐狸那裡也得知寶藏的消息。經過多次鬥智鬥勇，皮諾丘贏得了最終勝利。故事到這裡還沒結束：鯊魚被捕捉之後製成了標本，放在廣場上展示；傑佩托年事已高，沒辦法再做木匠，便當起了檢查展覽門票的收票員……

啟動這個新故事的兩個想像力元素是「小木偶／藏起來的寶藏」。而新版故事其實是利用寶藏，去彌補皮諾丘還是木頭人時

遭遇的挫折：他把金幣種在土裡面，天真地以為會長出金幣樹。

灰姑娘也有一個有名的「續集」（真的有嗎？但我腦袋裡記得有，而且不是我寫的），算是「諧擬」版：灰姑娘嫁給王子之後，還是改不掉原先負責壁爐和爐灶的習慣，不是抓著掃把不放，就是忙著生爐火，身上總是穿著圍裙，成日蓬頭垢面。短短幾個星期，王子就再也無法忍受這樣的妻子，覺得灰姑娘繼母的兩個女兒比她更有魅力，也更有趣，因為她們熱愛跳舞、看電影，還會坐郵輪去巴利亞利群島玩。灰姑娘的繼母也還年輕，而且多才多藝（她會彈鋼琴，會參加關懷第三世界的會議，以及每週二的文學沙龍），自然不能冷落。於是就展開了社會新聞版常見的家庭倫理悲劇……

這個遊戲的核心依然要從直覺出發，對童話故事進行「分析」，著重故事結構及組織故事的系統，把重心放在其中一個主題上進一步發揮。以灰姑娘故事為例，負責壁爐生火這個條件猶如灰姑娘的宿命，因此在續集裡，這個主題被誇張地放大，迫使其他主題（例如兩個姐姐的浮華俗氣）也有了新的意義。

如果跟一群小朋友說小拇指的故事，很可能在故事結束後有人會問：「後來呢？小拇指後來穿七里靴做了什麼？」小拇指故事的所有主題中，這是讓人印象最深刻、最能激發後續想像力的主題。也就是所謂的「特權主題」。

如果小木偶故事所有主題中最受到青睞的是他每次說謊鼻子就變長，我們可以輕鬆編出一個新的童話故事：小木偶故意說謊，好累積柴薪拿去變賣，後來他變得很有錢，還在世的時候就有人

爲他立了紀念像。我想應該是木頭材質的吧。

　　之前提到的幾個例子，都有一種想像力的「慣性」介入，企圖維持故事的發展，讓幻想轉變爲自動化行爲。但是經由誤讀而來的新版故事，並非源自這種自動化，而是源自於合理化：看著不受控的故事發展出一個方向，而且是具建設性的方向。就算在最好的超現實主義作品中，創作者也會忍不住去想像合理的結構布局，而持續排拒自動化模式。

19.
童話故事大拼盤

　　小紅帽在森林裡遇到了小拇指和他的哥哥們，於是他們的冒險之旅合而為　，選了一條新的路徑，有點類似在作用於同一點的兩股力量之間畫　條對角線，一九三〇年任教於拉維諾的菲拉里老師，就是這樣在黑板上畫出那個令我驚豔的平行四邊形。

　　菲拉里老師當時年紀很輕，留著金色小鬍子，戴眼鏡，走路微跛。有一次他給了我義大利文課的主要競爭對手作文滿分，因為那個同學寫道：「人類更需要善良的人，而非偉人。」由此可知菲拉里老師信奉社會主義。還有一次，他為了讓我知難而退，同時讓班上同學明白我並非無所不知，跟大家說：「舉個例子，我如果問強尼『美麗絕倫』的拉丁文怎麼說，他一定不知道。」但是我在教堂聽過〈聖母無染原罪詠讚〉（Tota pulchra es Maria），為了理解那些美麗的詞句，我下過一番工夫，於是我紅著臉站起來回答說：「我知道，是 pulchra。」

　　同學哄堂大笑，菲拉里老師也不例外，我這才明白不是每次都要把自己知道的說出來。所以，我寫這本書也會約束自己不要咬文嚼字。我在第一段寫了「平行四邊形」這個詞，看起來有點難，我後來想起那是我在小學五年級學的。

如果小木偶皮諾丘闖入七個小矮人的家，他會成為白雪公主第八個跟班，把他旺盛的生命力注入那個陳舊的故事裡，使其不得不依循小木偶和白雪公主兩個故事的結果進行重組。

如果灰姑娘嫁給藍鬍子，如果穿著長靴的貓去當《糖果屋》那對兄妹漢賽爾與葛麗特的跟班，也是如此。

用這種處理手法，即便是再黯淡的畫面也會重新活起來，再次冒出新芽，開花結果。童話混血自有其魅力。

「童話故事大拼盤」的最初構想，來自於幾幅孩子畫的圖，畫中將不同童話故事裡的人物奇妙地聚在一起。而我正好認識一位太太運用了相同技巧說故事給「嗷嗷待哺」的小孩聽：當她的孩子漸漸長大，要求聽新故事的時候，她突發奇想把不同故事的角色湊在一起，讓小孩自行編出新的故事。我聽她說過一個詭異的懸疑故事，王子親吻白雪公主，喚醒了因為巫婆詛咒昏睡的公主，可是王子前一天才跟灰姑娘結婚……之後展開的劇情刺激又嚇人，小矮人、繼母的女兒、仙女、巫婆和王后打成一團……

我們可以看到，就整體形式而言，這個想像力遊戲的二元元素是兩個名字，而非普通的兩個名詞，像是主語和謂語等等。我說的名字，自然是**童話故事的名字**。而這些名字在一般文法裡並未特別歸類，「白雪公主」和「小木偶」跟「阿明」和「小美」是一樣的……

20.
臨摹童話故事

　　直到目前為止，誤讀遊戲的玩法都是公開指名原童話故事，即便做了有趣的翻轉和顛覆，仍沿用原來的角色而未改名，混搭故事的主題，利用敘事發展慣性，但沒有改變故事發生的背景。

　　進階遊戲則是臨摹，從童話故事得出與原版交集程度不一或替換時空背景的新故事。這個做法有前例可循，而且是名聞遐邇的前例，那就是喬伊斯（James Joyce）對荷馬史詩《奧德賽》（Odyssey）的臨摹。

　　由法國新小說代表人物霍格里耶（Alain Robbe-Grillet）的小說《橡皮》（Les gommes），不難看出他臨摹了希臘神話。如果仔細尋找，義大利新寫實主義小說家莫拉維亞（Alberto Moravia）某些短篇小說的情節中，也可以看到聖經故事的影子。這幾個例子，跟單純只更動情節中人物姓名和時間的那些不勝枚舉的小說，截然不同。

　　喬伊斯只是把《奧德賽》當作整合想像力的大框架，或是一張網，把他的都柏林世界嵌進去，再加入一組哈哈鏡，揭開肉眼看不到的那個世界的各個層面。這種敘事再造的過程若簡化為遊戲，無損其價值，同樣能夠激勵人心。

第一步是把眾所周知的童話故事簡化爲只有事件和人物關係的情節：

> 灰姑娘跟繼母和兩個姐姐住在一起。她們去參加舞會，把灰姑娘一個人留在家裡。在仙女協助下，灰姑娘也去了舞會。王子愛上了她⋯⋯如此云云。

第二步，把故事情節進一步簡化成抽象表達：

> A住在B家裡，雖然大家同住在一個屋簷下，A和B的關係與B和C、D的關係不同。當B、C、D一起去E，那裡正在舉行F，A一個人留在家裡（A的性別不明，也可能是男性）。多虧了G的協助，A也去了E，在那裡A跟H之間有了很奇妙的感覺⋯⋯諸如此類。

接下來我們給予這個抽象表達一個新的詮釋，可以得到下面這個故事：

> 達菲娜是諾塔碧麗絲夫人的窮親戚，諾塔碧麗絲夫人在摩德納開了一家染坊，有兩個讀中學、愛裝腔作勢的女兒。諾塔碧麗絲夫人帶著女兒坐郵輪到火星上參加盛大星際慶典的時候，達菲娜留在染坊裡替夸倫葵伯爵夫人熨燙晚禮服。她忍不住穿上伯爵夫人的晚禮服，開始胡思亂想，

走到路上，沒有多想就登上了仙女二號太空船……恰好是夸倫葵伯爵夫人準備出發去火星要搭的太空船，達菲娜變成了偷渡客。舞會上，火星共和國總統看見達菲娜之後，邀她共舞……如此這般。

這個例子的第二步驟，把童話故事抽象化成一個方程式，看起來似乎多此一舉，反正新版劇情是臨摹原始版本，加入簡單的變化而已。但是既然說「似乎」多此一舉，就表示並非真的多此一舉，因為無論如何這個步驟有助於跟原版童話故事之間拉開距離，更易於操作。

一旦有了方程式，我們若能把原版故事拋諸腦後，就有可能得到下面這個故事：

少年卡洛是仙納瑞托里斯伯爵的馬夫，伯爵有兩個孩子，桂鐸和安娜。伯爵和他的孩子決定駕著遊艇環遊世界當作度假。卡洛在一名小水手的協助下偷偷登上了遊艇。途中遇到船難，遊艇擱淺在一座荒島上，卡洛將隨身攜帶的打火機送給原住民巫師，被視為奇人，並尊他為火神……如此云云。

這個故事把我們遠遠地帶離原本的灰姑娘童話，完全投入新的故事裡，進駐它的核心，啟發意想不到的進展，彷彿那是一個神祕組織。畢竟我們以前在廣場上總是大聲疾呼：眼見為真。

另外一個例子如下：

漢賽爾和葛麗特兩兄妹在森林裡迷了路，一個巫婆把他們帶回家，打算用窯烤爐把兩兄妹烤來吃⋯⋯

從這段故事情節，我們可以簡化成：

A 和 B 在地點 C 迷了路，被 D 帶回了地點 E，那裡有窯烤爐 F⋯⋯

於是新的情節出爐：

兩兄妹（很可能是移民到北部來的南方人子女）被父親遺棄在米蘭大教堂裡。父親沒錢給孩子吃飯，走投無路，才想到把小孩託付給公家慈善機構。兩兄妹嚇壞了，他們在城裡轉啊轉，天黑後躲在一個院子裡，睡在空箱子中間。他們被出來透氣的麵包師傅發現，帶進熱烘烘的麵包店裡，靠著窯烤爐取暖⋯⋯

如果我問自己，這個練習在哪個地方迸出火花，啟動了必要能量，引出新的故事，答案很簡單，是「麵包店」。我想我應該說過，我父親是麵包師傅。麵包師傅兼廚師。「麵包店」對我來說代表著一個大房間，地上堆滿布袋，左邊是和麵機，正前方就

是白色的窯烤爐，爐口開開關關，我父親負責揉麵、塑形、進爐、出爐。我跟我弟弟很貪吃，他每天都會特別用高筋麵粉為我們烤十來個小麵包，烤得焦焦脆脆的。

我對父親的最後印象是他全身濕透發抖，背對著窯烤爐，試圖讓自己暖和起來。他在暴風雨中出門去救一隻困在泥坑裡的小貓，七天後死於支氣管性肺炎。那個年代還沒有盤尼西林。

我記得後來有人帶我去看他，沒有生命的他躺在床上，雙手交握。我記得他的手，但是不記得他的臉。那個想用窯烤爐餘溫取暖的男人，我也不記得他的臉，但是記得他的手臂：他用點燃的報紙燒自己的手毛，以免毛髮掉進麵糰裡。報紙是《人民報》（*La gazzetta del popolo*）。我記得很清楚，因為那份報紙有兒童版。時間是一九二九年。

「麵包店」一詞長久在我的記憶中載浮載沉，間或帶著充滿眷戀又悲傷的色彩浮出腦海。有了這股色彩引導，便催生了各式故事元素的對映，例如：原版故事和新故事裡被拋棄的孩子、森林的樹木與米蘭大教堂的柱子。其餘的，是想像力的推演，不是邏輯的推演。

故事結局出人意表，因為麵包師傅烤的是麵包，而非小孩。同樣出乎意料之外的，還有故事透過兩個迷路小孩的眼睛，帶我們由低矮視角仰望米蘭這座工業大城，在想像的遊戲之中，發掘社會事件的真相。今日世界挾帶所有殘酷真相侵入我們抽象的臨摹世界：A、B、C、D……我們發現自己不但重返地球，而且身處地心。在臨摹世界裡出現某種傾向的政治和意識形態是不可避免

的，因為我就是我，不是慈善機構的志工。既然事情發生了，產生了意象和符號，就應該去了解，並加以詮釋。

面對不同的人，「臨摹」世界會提供不同道路，引導他們走向不同「訊息」。但我們不是從「訊息」著手研究，訊息會自行浮現，不由自主地成為路徑的終點。

「臨摹」的關鍵，在於分析原版故事。而分析，既是解析也是整合，從具象到抽象，再返回具象。

之所以能夠對童話故事做這類分析，是因為童話故事的本質，也是因為其結構特色：童話故事的結構中有我們稱之為「母題」的某些構成元素存在、回返和重複出現。蘇聯形式主義學者卜羅普（Vladimir Propp）把這些稱之為「功能」。為了進一步了解我們的說故事遊戲，也為了獲得新的說故事工具，我們底下就來談談卜羅普。

21.
卜羅普紙牌遊戲

　　我在《科學》雜誌（*Le Scienze*，美國《科學人》〔*Scientific American*〕的義大利文版）上看到一篇文章，我認為文中指出了達文西最獨樹一格的天才面向：他把機械視為多個簡易機械的總和，而非單一裝置，或無法被複製的原型，是人類歷史上做此思考的第一人。

　　達文西將機械「拆解」成元素和「功能」之後分開研究，例如摩擦的功能，這個研究結果讓他設計出滾珠軸承和錐形軸承，甚至還發明了近年才真正開始生產製造的滾子軸承，發揮航空導航不可或缺的陀螺儀功能。

　　投入這些研究的時候，達文西顯然樂在其中。不久前找到他充滿戲謔的一份設計圖，「和緩跌勢減震器」，圖中可以看到有一個人不知從何處墜落，被一組連結的楔形裝置擋住了跌勢，在最低點有一個羊毛球，羊毛球運作由最後一個楔形器操控，負責控制撞擊力度。還有一種東西很可能也要歸功達文西，那就是「無用的機器」：[1] 一時興起之作，任憑想像力馳騁，帶著微笑畫圖，

1　「無用的機器」（義文：macchine inutili；英文：useless machines）一類設計，代表者有義大利藝術家布魯諾‧莫那利（Bruno Munari, 1907-1989），他於一九三〇年代發表同

自發地跟技術／科學設計的實用準則唱反調。

　　達文西從功能出發拆解機械的做法，跟蘇聯形式主義學者卜羅普的著作《民間故事形態學》（*Morfologija Skazki*）及〈魔法故事中的蛻變〉（Transformacija vol'šebnych skazok）研究有異曲同工之妙。[2]

　　卜羅普的另一本著作《童話故事的歷史根源》（*Istoričeskie korni volšebnoj skazki*）同樣有名，他以極具說服力的迷人筆觸呈現充滿想像力的觀點，認爲魔法故事最古老的核心源自於未開化原始社會的各種成年禮儀式。

　　這些故事「闡述」（或者就故事的蛻變結果而言，是「暗藏」）的是很久以前發生過的事：到了某個年紀，少年會被帶離開家，來到森林裡（如小拇指、漢賽爾與葛麗特兄妹或白雪公主），部落巫師打扮成駭人模樣，臉上戴著可怕面具（讓我們立刻想到法師和巫婆）……讓他們接受殘酷、甚或有生命危險的考驗（所有童話故事裡的英雄都會遇到的考驗）……少年聆聽部落神話的故事，接過交到他們手中的武器（故事裡永遠會出現超自然贈與者，將具有魔法的禮物送給置身險境的英雄）……最後他們啓程回家，這時大都換了名字（有時候故事裡的英雄會隱姓埋名）……而且已經成年，準備成婚（故事結局十之八九是一場盛大婚宴）……

　　名系列創作，外型為懸掛在空中的幾何圖形，除美觀外沒有任何實際生產用途。莫那利後來還創作許多不實用機器設計稿。另一有名的「無用的機器」由美國科學家馬文・閔斯基（Marvin Minsky, 1927-2016）設計，該裝置為一小盒，唯一功能由盒外的開關操作，只要撥動開關，就會有隻小手從盒中伸出來把開關關掉。

2　本書俄文書名、文章名以拉丁化寫法列出，以便讀者查找。

　　童話故事的結構複製了成年禮儀式結構。卜羅普觀察到這一點（當然不只他一個），推演出古老儀式崩解，只留下口述言傳，民間故事於焉崛起的理論。數千年來，敘事者漸漸背叛儀式的記憶，傾向服務口傳民間故事的自主需求。故事經過口耳相傳起了變化，積累了不同版本，隨著（印歐）民族遷徙，吸納歷史和社會變革的效應。於是講述者在短短幾個世紀間，不斷改造一個語言，直到一個新的語言從中萌生。而從古羅馬帝國的拉丁語到現代羅曼語系語言出現，可是又經過漫長的好幾個世紀呢！

　　總而言之，民間故事很可能是因應神聖世界「墜落」成為俗世而生，同樣因為「墜落」，這些故事才接觸到孩童的世界，約化為玩具；在很久很久之前，洋娃娃和陀螺一類的玩具，其實也是具有文化意涵的儀式用法器。劇場的誕生，不也經歷了同樣的過程，從神聖走向世俗嗎？

　　以原始魔法為核心，民間故事收集了其他從神壇走下來的神話、奇遇、傳說、軼聞，在神奇的人物身邊，再加入來自農業社會的角色（例如傻子和騙子）。這樣的民間故事彷彿裹上一層厚重濃稠的岩漿——卜羅普說，那就像是一個有上百種顏色的線團，最重要的一條線，當屬其中敘述的事件。

　　公說公有理，婆說婆有理，但是沒有任何一個理論能夠對童話與民間故事提出完整解釋。卜羅普的答案之所以獨具魅力，是因為他意識到歷經成年禮種種儀式的史前時期少年，和後來孩童透過童話故事初次踏入大人世界，兩者之間有一種緊密連結（有人或許會稱之為「集體潛意識」）。這也說明，為何聽母親說小

拇指故事的小讀者會以小拇指自居,不僅找到心理層面的理由,還發現了更深刻、根植於血脈的緣由。

卜羅普分析民間故事的結構,特別著重於分析俄國的民間故事(廣義來說,與德國和義大利所屬的印歐文化同源),得出三個準則:1.「童話與民間故事亙古不變的元素是人物功能,與執行者及執行方法無關」;2.「出現在魔法故事中的功能數量是有限的」;3.「功能出現的順序是固定的」。

卜羅普認為故事裡的功能一共有三十一個,這些功能的變形及組合就足以勾勒出民間故事的雛形:

1) 遠離

2) 禁令

3) 違規

4) 調查

5) 告密

6) 圈套

7) 默許

8) 破壞(或匱乏)

9) 介入調停

10) 英雄同意

11) 英雄出發

12) 贈與者考驗英雄

13) 英雄對考驗的反應

14) 獲贈神奇寶物

15) 英雄轉移陣地

16) 英雄和反派對峙

17) 英雄被貼標籤

18) 打敗對手

19) 消災解難或彌補最初的缺憾

20) 英雄返鄉

21) 英雄遭到迫害

22) 英雄獲救

23) 英雄返鄉無人識

24) 英雄被冒名頂替

25) 英雄被迫接下艱鉅任務

26) 任務完成

27) 英雄受到肯定表揚

28) 揭發冒名者或對手的真面目

29) 英雄變身，改換形象

30) 反派受到懲罰

31) 英雄舉行婚宴

　　想當然耳，不是**所有**童話和民間故事都具備上述**所有**功能，在這個順序準則下，有些會被省略，有些則會被濃縮整合，但不會背離那條主軸線。一則童話故事可以從第一個功能開始，也可以從第七個或第十二個功能開始，但（如果是年代久遠的童話）

很少會爲了補救遺漏的某一個功能逆向而行。

卜羅普排在第一順位的「遠離」功能可以由任何一個角色完成，例如：離家奔赴戰場的王子、辭世的父親、家長出門去上班（叮囑孩子不能隨便幫人開門，或不准碰某樣東西，也就是第二順位的「禁令」）、出差談生意的商人等等。每一個「功能」其實都包含了相反的意涵，例如「禁令」可以用正面的「命令」代表。

關於卜羅普的「功能說」，值得額外一提的是，有興趣的人可以依照上面的功能排列順序跟電影○○七的劇情做對比，會驚訝地發現兩者之間的大量交集，順序也相去不遠，以及童話故事結構在我們的文化中是如何歷久彌新。許多以冒險犯難爲主題的書也依循相同模式。

我們之所以對「功能」感興趣，是因爲可以藉此建構數不盡的故事，就像有了十二個音符（撇開四分之一音不談，以電子音樂之前的西方音樂爲範疇來說），就能譜出數不盡的旋律。

在雷久・艾密里亞市，爲了測試這些「功能」的生產力，我們將數量減少至二十，有些被省略，有些被同樣符合童話「母題」的功能取代。兩位畫家朋友把這二十個功能做成紙牌，每一張紙牌上都有一句話（該功能的扼要「標題」），以及象徵圖案，或貼切題旨的漫畫。二十個功能分別是「禁令」、「違規」、「破壞或匱乏」、「英雄出發」、「任務」、「與贈與者碰面」、「魔法禮物」、「反派出現」、「反派的邪惡能力」、「對決」、「勝利」、「返鄉」、「回家」、「英雄遭冒名頂替」、「艱鉅試煉」、「修復損失」、「英雄受到肯定表揚」、「冒名英雄被揭穿眞面目」、

雷久‧艾密里亞市用的卜羅普紙牌之一。（14 假英雄〔英雄遭冒名頂替〕）

「反派遭到懲罰」、「婚宴」。

然後由一個小組人員協力按照「卜羅普紙牌」的二十張紙牌建構故事。我必須說，整個過程十分輕鬆，而且得到非常豐碩的諧擬成果。

我看到小朋友也能遵循「紙牌」規則，輕鬆編出童話故事，因爲（這些「功能」或「童話故事母題」的）紙牌上每一句話都蘊含美好意義，可以讓人玩出各種不同版本。我還記得有人對「禁令」做出獨到詮釋：父親離家前禁止小孩從陽臺把花盆往路人頭上丟。至於「艱鉅試煉」則不乏半夜去墓園這樣的要求，畢竟對某個年齡之前的孩子而言，這算是最恐怖、最需要勇氣的一件事。

不過小朋友都喜歡洗牌，打破規則：例如抽三張牌說出一個完整的故事，或是從最後一張紙牌開始，或是把紙牌分成兩份，由兩組人比賽說故事。有時候只要一張紙牌就能啓發一則童話故事。至於「魔法禮物」，有小學四年級的學生想出了能夠自動寫作業的筆。

我們每個人都可以自行製作一副「卜羅普紙牌」，二十張、三十一張或五十張由你決定，重要的是在每張紙牌上寫下「功能」或「母題」，圖片則可有可無。

有人或許會誤以爲這個遊戲跟「拼圖」或解密益智遊戲的結構相似，拼圖是把單一圖像打散成二十片或上千片，遊戲目標是透過鑲嵌重建完整圖像。「卜羅普紙牌」的目標相反，是要建構無數個圖像，因爲每張卡片都不只有一個意涵，是開放的，可以有多重意義。

　　爲什麼一定要用「卜羅普紙牌」，不能用其他想像紙牌，或隨機選擇一組圖像，或在字典裡隨機選擇一組詞彙呢？我想答案很清楚，每一張「卜羅普紙牌」代表的不僅僅是紙牌本身，對稍微熟悉童話故事、童話語言和童話母題的小朋友而言，那些紙牌是童話世界的化身，是想像回聲的不斷湧現。

　　每一個「功能」都在對孩子的個人世界發出呼喊。

　　小朋友讀到「禁令」，這個詞彙便立刻跟他的個人經驗重合，想起家裡種種「禁令」（「不能碰」、「不要玩水」、「放下榔頭」），重溫他初次接觸某些物品的那一刻，母親的「好」和「不可以」幫助他判斷可行與不可行。「禁令」對孩子而言是跟學校威權或威權主義的一次交鋒。其正面效應是（「禁令」和「秩序」是相對應的）發現遊戲規則：「這樣可以，那樣不行」，同時發現現實世界或社會爲自由劃定的界線，成爲他社會化的工具之一。

　　童話故事的結構不僅僅臨摹了成年禮儀式（就卜羅普觀點而言），就某種程度來說也複製了童年經驗，亦即一連串無法避免的任務、決鬥、艱鉅試煉和失望過程。而且小朋友一定都有聖誕老婆婆貝法娜[3]和聖嬰耶穌餽贈「魔法禮物」的經驗，更不用說父母親長久以來都扮演「神奇贈與人」的角色，堪稱無所不能（法

3　根據基督教傳統，每年一月六日是主顯節（Epifania），是耶穌基督誕生後首次面見外邦人（東方三賢王）的日子。民間傳說三賢王看見星象異常，前往伯利恆朝聖途中吸引許多人加入他們，有一老婦人貝法娜（Befana）猶豫再三才準備禮物出發，卻找不到朝聖隊伍，只得四處詢問有新生幼兒出生的人家，將禮物分送出去。貝法娜在義大利民間傳說中的角色如同聖誕老公公，會在一月五日與六日間的夜晚從煙囪進入室內，將禮物塞進小朋友高掛在床頭的襪子裡（好孩子收到甜食、玩具，壞孩子則會收到煤炭或大蒜），但是造型卻像巫婆，衣衫襤褸，騎著掃把在空中飛。

國哲學家阿蘭〔Alain〕說這一點實在妙不可言）。因此小朋友的世界裡一直有強勢的盟友和邪惡的敵人。

我認為這些童話「功能」，或多或少都能幫助孩子認識自己。經過再三檢驗的它們不動聲色、蓄勢待發，而且操作容易，如果棄置不用，未免太可惜。

這一章篇幅已經過長，但我還想補充兩點。

第一點是卜羅普研究俄國民間故事與某個特定母題迭變過程時提出的看法。他以「長在雞腳上的森林木屋」[4]這個母題為例，根據故事發展，追溯了幾個變形版本：簡化版有雞腳上的小木屋、森林小屋、小屋和森林；擴張版變成長在雞腳上的森林小木屋，牆壁是蛋白杏仁餅，屋頂是各種小點心；替代版則是以山洞或城堡取代木屋；濃縮版把木屋變成了一個魔法村落。可以看到卜羅普在羅列這些具代表性版本的時候，所用的詞語正是基督教神學家聖奧古斯丁（Saint Augustine）描述想像工作所用到的詞彙：「以任何方式支配、加乘、簡化、延伸、整理、重新組合意象」……

第二點是跟一段記憶有關。我在安東尼歐‧法埃提（Antonio Faeti，他在學校任教，同時也是畫家、作家，埃伊瑠迪出版社出版過他別出心裁的大作《看圖說故事》[5]）家中，看到向卜羅普「功能」致敬的系列畫作，每一張畫都是一則故事，畫面呈現了故事發展的不同層次，故事主角是個小孩，充滿各種想像力、情結和

4　長在雞腳上的森林木屋是古俄羅斯童話故事中吃小孩巫婆芭芭雅嘎（Baba Yaga）居住的房子，但在許多故事中她有不同形象，或是獨居的孤單老太太，或是和藹的老奶奶。

5　作者提及書籍之出版資訊為：*Guardare le figure*, Einaudi, Torino 1972。

安東尼歐・法埃提向卜羅普「功能」致敬的系列畫作之一。（授權：Antonio Faeti）

潛意識，但也是奇遇不斷的成年男子，更是畫家自身和他所承載的文化。那幾幅畫密密麻麻繪滿了圖像、暗喻聯想和直接引述，將它們的觸鬚伸向畫報之類的大眾媒體，也伸向超現實主義。那幾幅畫同樣是「卜羅普紙牌」，創作的藝術家熱愛童話這個異常豐富卻被邊緣化的世界。每一幅畫都傳遞了大量可以用言語述說的訊息（只是過於喋喋不休），同時也傳遞了其他無法用言語述說的訊息。

22.
法蘭克・帕薩托雷的「用紙牌說故事」

　　上一章談的內容，是用自己發明的紙牌遊戲來分析民間故事，但紙牌並非唯一選擇。除了卜羅普紙牌外，還有其他各種同樣有生產力的選項。

　　我以法蘭克・帕薩托雷（Franco Passatore）及他的「生活遊戲劇團」（Gruppo Teatro-Gioco-Vita）夥伴一起發明的有趣遊戲為例說明。這個遊戲叫作「用紙牌說故事」，可參見帕薩托雷等人合著的《我本是一株樹（你是一匹馬）》收錄的〈讓你在學校可以活下去的四十個遊戲〉：[1]

　　　　這是一個集體虛構故事的遊戲，帶領遊戲的人可以將報紙或雜誌剪下的圖案和人像貼在五十多張紙板上做成一副紙牌，當作遊戲的道具。圖像解讀結果永遠不可能一樣，因為每一張牌都得順著前一張牌做自由發想，或做想像力發揮。小朋友圍著帶領遊戲的人坐成一圈，帶領人讓某個

1　作者資料來源："Quaranta e piú giochi per vivere la scuola," *Io ero l'albero (tu il cavallo),* di Franco Passatore, Silvio De Stefanis, Ave Fontana e Flavia De Lucis (Guaraldi, Bologna 1972), p. 153。

孩子隨機選擇一張牌，小朋友要說出他對那張牌的詮釋，作為故事開頭。小朋友對紙牌做完詮釋後，要在一張白紙（或任何白色底板）上把故事開頭記錄下來（用圖畫或拼貼）。坐在他旁邊的同學接著抽牌，並接著前面的故事內容往下說，再把自己說的故事發展用圖畫或拼貼記錄在前一個小朋友的作品旁邊。遊戲繼續下去，最後一個小朋友要負責幫故事做收尾。遊戲成果是所有小朋友共同完成的一長幅畫作，大家可以反覆閱讀這個集體創作的圖畫故事。

書中說這個遊戲是一種「參與式表演」，當時尚未具體實踐過。我想今天應該已經有數百名小朋友玩過「用紙牌說故事」，也已提供遊戲推動者足夠的資料做進一步思索。

我認為這個遊戲很棒，真希望是我發明的。我這麼說並不代表我嫉妒法蘭克·帕薩托雷跟他的夥伴。我在羅馬「團結節」[2] 的工作場合見過他們，他們熟知許多想像力遊戲，提出已經數十回反覆驗證的「生動教育」（animazione）。舉例來說，他們給小朋友三個不相干的東西，一個咖啡壺、一只空瓶子和一把鋤頭，讓他們編一個短劇後演出。這個做法跟用三個詞彙編故事差不多，但是效果顯然更好，因為實物比話語能夠提供想像力更厚實的支撐：可以看，可以觸摸，可以運用，可以啟發更豐富的想像力，

2　團結節（Festa dell'Unità）最早是義大利共產黨於一九四五年為黨中央機關報《團結報》（*L'Unità*）籌募經費而舉辦的活動，靈感來源是法國左派《人道報》（*L'Humanité*）每年舉辦的大型園遊會活動「人道報節」，活動內容包括演講、音樂會、美食及表演。

可以透過一個不經意的手勢或聲響帶動故事發展。除此之外，這類集體創作的特色是能不斷刺激故事前進，大家進入遊戲中，以不同的個人經驗、記憶和節奏，加上團體有批判功能，可以彼此衝撞，激發創意。

「生活遊戲劇團」對實物深具信心。例如，為了鼓勵小朋友畫畫，他們常常會發給小朋友一個神祕盒子，裡面裝著浸過汽油的棉花球、糖果或聞起來有巧克力香味的東西。啟發，有時候也可以來自嗅覺。

在這個團體遊戲中，孩子同時是作者、演員和觀眾。這種環境條件下，創造力隨時隨地都能被激發，並且朝著不同方向發展。

23.
童話故事的轉調

　　爲了向「用紙牌說故事」致敬，我們前一章暫時將民間故事這個主題擱置，現在要接下去談最後一個技巧。照理應該擺在卜羅普的「功能說」之前談，會比較合乎規則，但是文法中出現不規則幾乎是一種「必然」。更何況我們接下來要談的這個技巧也可以應用在「卜羅普紙牌」遊戲中，而紙牌的作用讓大家更清楚該技巧的運用。

　　之前說過，故事的每個「功能」都可以有無窮盡的變化。不僅如此，整個故事的發展都可以應用這個變化技巧，想像出一種「轉調」，也就是把某個調性置換成另一個調性。

　　可以從故事題目就開始：「以一九七三年的羅馬爲背景，敘述花衣魔笛手的故事」。

　　確立了這個轉調條件之後（或應該說兩個條件：時間和地點），我們不得不在舊版故事中尋找轉調的立基點。想像一下：一九七三年，羅馬被老鼠攻陷，倒也不至於太過荒謬，但是這種變調似乎不痛不癢。假設羅馬是被攻陷了，但是禍首不是老鼠，而是汽車。汽車把道路塞得水泄不通，大、小廣場都動彈不得，汽車甚至開上紅磚道，占據了行人空間，小朋友也無法玩耍。我

們如果從這個想像的假設出發，是在故事情境中引入很大一部分的現實世界，這是我們所能期待的最佳變化。下面就是加入新情境之後的故事發展：

　　羅馬被汽車攻陷了（這裡應該用童話故事的專業術語，練習描述城市被攻陷的情景，例如聖彼得大教堂的圓頂上也停滿了車等等。不過我們沒有時間），市長提供賞金，並許諾將自己的女兒嫁給能夠提出解決辦法的人。有一名青年吹笛手自告奮勇，他是聖誕節前夕帶著風笛在羅馬閒逛的諸多吹笛人之一。他提出的交換條件是，如果他能讓羅馬北部郊區的烏爾貝一帶淨空，市長必須將幾個大型市立廣場指定為小朋友的遊戲空間。雙方達成協議後，吹笛手開始吹奏一首古老的輕柔曲調，各個社區、郊區和大街小巷所有汽車都乖乖地跟在他身後……他往臺伯河方向走，引起駕駛一陣騷動（畢竟汽車是人類辛勤工作的產物，把汽車全數銷毀未免太慘）……青年吹笛手便改變主意，換了一個方向，往地下走。於是所有汽車全都改在地底下跑，在地底下停車，把路面和廣場留給小朋友、銀行職員和水果攤販……

　　我們在第二十章想像過轉成「星際調性」的灰姑娘，以及「米蘭調性」的糖果屋兄妹檔。看起來虛構童話新調性似乎可以隨心所欲，事實上轉調幾乎都會受到時間和空間的限制。

改用新調重述舊版童話故事，搭配新的演奏手法，會奏出意想不到的樂音，甚至可能增添某種道德寓意，如果寓意呈現得夠內斂含蓄，實事求是，沒有強迫性，讓人憑意志行事，或許我們也能夠接受。

某中學校方指定閱讀《約婚夫婦》[1]（還要做摘要、歷史分析、釋疑和主題探討），垂頭喪氣的學生剛聽到我請他們把小說背景改成現代的時候，大都意興闌珊。等他們意外發現這個遊戲可以把曼佐尼筆下的殘暴傭兵置換成納粹的時候，才開始認真投入。

書中女主角盧齊婭在新情境中依然是倫巴底鄉下地方的紡織女工，而男主角羅倫佐在一九四四年義大利被納粹占領時期不得不加入游擊隊，以逃避被送去德國當苦役的風險。原本故事中的瘟疫被轟炸取代，覬覦盧齊婭的地方仕紳變成了法西斯黑衫軍的地方指揮官。個性軟弱怕事的阿伯恩迪歐神父依然遊走在游擊隊和法西斯、勞工和企業主、義大利人和外國人之間，搖擺不定。而舊版故事中皈依天主、改邪歸正的無名氏變成了大企業家，支持獨裁政權的他在納粹占領義大利期間敞開別墅收容無家可歸的難民……

我想如果曼佐尼還活著，應該不會對這些學生如此運用書中

---

1 曼佐尼（Alessandro Manzoni, 1785-1873）的《約婚夫婦》（*I promessi sposi*），以十七世紀被西班牙占領的北義為背景，描述一對勞工階級的未婚夫妻，因女方受地方仕紳覬覦，千方百計從中阻撓婚事，兩人被迫分離，最後因瘟疫襲擊、惡人喪命，這對未婚夫妻才得以重聚。書中對民間習俗、傳統、社會事件多所著墨，是義大利文學史上第一部歷史小說，也是十九世紀義大利民族統一復興運動醞釀期間，反映義大利人民反對異族侵略、爭取民族獨立和統一的重要作品。

人物有任何異議。說不定他還會幫助學生找出新舊版之間更細膩的類比關係，並建議新版的阿伯恩迪歐神父，在遇到這些新狀況的時候，該說怎樣的臺詞。

24.
分析聖誕老婆婆貝法娜

　　由童話人物中分解出「首要元素」，以便尋找其他元素，建構新的「想像力二元相生」對映，這個做法，我們叫作「想像力分析」，目的是以那個人物為中心，發展出其他故事。

　　我們以貝法娜為例。她不算是典型的童話人物，但是沒關係，捨棄一般常見於童話故事中的巫婆，改以貝法娜作為練習對象，意味著這個分析可以應用在不同的故事人物身上，包括小拇指、尤里西斯、小木偶和德州槍手傑克。

　　從卜羅普的「功能說」來看，可以把貝法娜視為「贈與者」。分析的時候，可以像凱撒一步步征服高盧或但丁撰寫《神曲》那樣，把貝法娜分為三個部分：

- 掃把
- 裝禮物的布袋
- 壞掉的鞋（在一首很有名的童謠裡面特別提到這件事，
  而且有其原因）

大家可以自行決定，用不同方式做劃分。我只需要把她分成三部分就夠了。

這三個「首要元素」各自提供了創意啟發，重要的是找到方法發掘各種可能性。

掃把。貝法娜通常會騎掃把在空中飛翔。如果剔除掃把平時的文本脈絡，我們要問的是：主顯節過後，貝法娜會拿掃把做什麼？從這個問題可以衍生出許多假設：

a) 結束她的地球之旅後，貝法娜會騎著掃把飛到太陽系和銀河系的其他星球上。

b) 貝法娜會用掃把打掃家裡。她住在哪裡呢？一整年其他時間她都在做什麼呢？收許願郵件？她喜歡喝咖啡嗎？她看報紙嗎？

c) 世界上不是只有一個貝法娜，有好多個貝法娜。她們住在貝法娜國，那個地方最重要的商店，可想而知，是掃把專賣店。雷久・艾密里亞市的貝法娜、歐美尼亞的貝法娜和薩拉耶夫的貝法娜都來這裡採購。掃把的銷售速度驚人。負責管理掃把專賣店的貝法娜不斷推出新款掃把，營業額節節上升：今年是迷你掃把，明年是巨型掃把，後面是中型掃把等等。店主發財後開始賣吸塵器。現在貝法娜出門不再騎掃把，都改騎吸塵器，引發一陣混亂，因為吸塵器會吸星塵、飛鳥、彗星跟載滿乘客的

飛機（之後乘客會被送回家，如果家裡有煙囪就從煙囪
進去，如果沒有煙囪，就從廚房窗臺爬進去）。

裝禮物的布袋。我第一個想到的假設是，布袋有破洞。我沒
有問自己為什麼，以免浪費時間。

a) 貝法娜在空中飛的時候，禮物從破洞一個接一個掉出
   來。一個洋娃娃掉進狼窩裡，母狼開始天馬行空胡思亂
   想。狼媽媽說：「跟很久以前羅穆盧斯和雷穆斯的故事
   一樣，榮華富貴不遠了。」牠滿懷愛心餵養洋娃娃，可
   是洋娃娃一直不長大。小狼只管玩洋娃娃，才不管什麼
   榮華富貴。我們如果想要讓洋娃娃長大，可以設定洋娃
   娃在森林裡成長，後來變成了泰山洋娃娃，或森林之子
   毛克利洋娃娃……

b) 準備一份禮物清單和收禮人清單。把禮物和收禮人做隨
   機配對（布袋上的破洞等於為我們打開了這個可能性，
   不一定代表混亂）。貂皮大衣原本是政治人物為女性密
   友預訂的禮物，結果大衣從天而降掉落薩丁尼亞島上一
   個牧羊人的腳邊，那是一個寒冷的冬夜。幹得好……

c) 我們把布袋破洞補好。重新回到世界上有很多貝法娜這
   個假設，也就是說裝禮物的布袋有很多個。萬一她們出
   發前混亂中弄錯了布袋呢？雷久·艾密里亞市的貝法娜
   拿走了多莫多索拉的布袋，馬薩隆巴達的貝法娜拿走了

密內維諾·穆潔的布袋。當她們發現拿錯時，所有貝法娜都快瘋了。她們重新檢查一遍，清點錯誤，結果發現什麼問題都沒有，因為全世界的小朋友都一樣，喜歡的玩具也都一樣（當然也有可能故事結局沒有那麼溫馨，全世界的小朋友會喜歡固定那幾樣玩具，是因為那些玩具由幾家大型企業生產；而小朋友之所以選擇同樣的玩具，是因為已經有人為他們做了篩選……）。

壞掉的鞋。作為想像的對象，壞掉的鞋（很少有人對此做分析）的生產力不會比掃把和禮物低。

a) 貝法娜想要為自己換一雙新鞋，每次進到別人家裡送禮物的時候都會找鞋，最後她偷了一位退休女老師的鞋，而那位可憐的老太太也只有那雙鞋。

b) 小朋友發現貝法娜腳上的鞋壞了，覺得很難過，寫信給報社和電視臺，呼籲大家為她募款。一群騙子假意要為貝法娜籌錢，挨家挨戶勸募，最後募得了兩千億，逃到瑞士和新加坡去大肆揮霍。

c) 好心的小朋友紛紛在一月六日晚上把一雙新鞋放在準備收禮物的大襪子旁邊。威潔瓦諾的貝法娜得知這個消息後，提早到各個人家去拿走鞋子，最後她收集了二十萬雙新鞋（好心的小朋友很多），回到自己家鄉後開了一間很大的鞋店，賺了很多錢，也跑去瑞士和新加坡吃香

喝辣。

我知道這樣不算對貝法娜做了完整分析，我只是想示範，想像力分析如何讓想像力憑藉簡單元素就能開始運作：即便只有一個詞彙，或是兩個詞彙之間、童話元素與現實元素之間，有所交會與交鋒。元素與元素之間的對立關係讓想像力有了立足點，可以編纂故事，啟動想像的假設，引入「轉調規律」（例如「太空調性」）。總而言之，如果我們現在「對此一分析進行分析」，就能清楚說明這個練習同時間運用了多個想像技巧。但是這麼做，未免太賣弄學問了，不是嗎？

25.
玻璃人

　　故事角色無論是原來就有的（貝法娜或小拇指），或重新想像的（我第一個想到的是玻璃人），都可以從他的個人特質做邏輯推演，發展他的奇遇故事。我說的「邏輯」是指「想像力邏輯」，還是「邏輯的邏輯」？我也不知道，或許兩者兼有。

　　以玻璃人為例。他的反應、行動、建立關係、遭逢意外或製造事端，都只能夠依循我們的想像所賦予他的本質而為。

　　接下來的分析，說明這個角色的行事規則。

　　玻璃是透明的。玻璃人是透明的。他在想什麼大家都看得到。他不需要開口講話就能傳遞想法。他不能說謊，因為大家一眼就能看穿，除非他戴帽子。在玻璃人的國度裡，如果戴帽子成為流行就麻煩了，因為這表示大家追求的是把自己的想法隱藏起來。

　　玻璃易碎。玻璃人的家必須全面鋪上軟墊。他們走的人行道都得鋪上床墊。禁止握手（！），也禁止做粗重工作。這個國家的醫生只能是玻璃工匠。

　　玻璃可以上色。**可清洗**等等。我手邊的百科全書裡，「玻璃」這個詞條足足寫了四頁，幾乎每一行都能找到一個詞彙，可以在玻璃人的故事裡得到充分發揮。白紙黑字，羅列出跟玻璃有關的

各種化學、物理、工業、歷史和市場訊息，玻璃人自己不知道，但是他在童話故事裡肯定可以占有一席之地。

木頭人得留意火燭，否則不小心有可能燒掉自己的腳，可以輕鬆浮在水面上，一拳打下去會發出砰的一聲，跟用木棍擊打一樣。木頭人吊不死，魚也沒辦法吃掉他。小木偶之所以會遇到那些事，是因為他是木頭做的。如果小木偶是鐵做的，他的故事會大不相同。

冰人、雪人、奶油人只能住在冰箱裡，否則就會融化。他們的奇遇故事，背景除了冰箱冷凍庫，就只有新鮮萵苣。

輕薄紙片人的故事發展跟大理石人、稻草人、巧克力人、塑膠人、煙霧人和杏仁餅人的故事發展不可能一樣。

這時候做市場分析和想像力分析的結果，幾乎完全吻合。別跟我說玻璃就該用來做窗戶，巧克力就該用來做復活節的巧克力蛋，無須大費周章用它們當作童話故事素材。其實這種故事比起其他故事，更能夠讓想像力遊走於真實和想像世界之間。我認為現實與想像的交替極具教育意義，甚至於對掌握現實、重塑現實，是不可或缺之必要。

26.
鋼琴神槍手比爾

　　漫畫裡的人物跟我們先前談及的玻璃人或稻草人一樣，各自依循被賦予的特性邏輯行事，因此個性鮮明。他們隨時有新的奇遇——或者永遠在經歷大同小異、無限重複的各種變形版和修正版奇遇。這裡說的人物特性不是指外貌，而是另一種本質，也就是品性。

　　唐老鴨漫畫裡的小氣叔叔麥克老鴨家財萬貫，可是非常吝嗇，又愛說大話，加上他身邊幾個配角的個性，任何人都可以輕鬆想像出無數個小氣叔叔的故事。這些角色雖然「定期出現」，但是角色的虛構形塑其實一次就已經完成，虛構形塑完成後的角色下次出現，在最好的情況下，是前一次的變形，糟糕的情況下就是沿用固定模式，壓榨到極致，做大量生產。

　　讀過十多個或上百個小氣叔叔麥克老鴨的故事後（這種練習很有趣），所有小朋友都有能力自行編出新故事。他們完成消費者的任務後，照理說應該具備了創作者條件，可惜想到這一點的人不多。

　　虛構並繪出漫畫故事，無論從什麼角度思考，都比讓大家以母親節或植樹節為題寫作文更有意義。因為要完成一則漫畫故事，必須要構思故事內容，處理故事內容，思考一格格漫畫的架構和

組織，撰寫對白，思考角色的外觀和品性等等。小朋友都很聰明，有時候他們能夠獨立完成這些事情，而且樂在其中。雖然面對學校的義大利文考試，他們未必能及格。

有時候一個角色的主要特質可以用某個實物予以具象化，例如大力水手卜派跟菠菜。

馬可和米可是雙胞胎兄弟，他們總是隨身攜帶榔頭當作防身武器，區別他們的唯一方式是，馬可的榔頭把手是白色，米可的榔頭把手是黑色。大家都知道這對雙胞胎的故事：他們遇到過小偷，還有幽靈、吸血鬼和狼人主動找上門來。從榔頭推演，他們應該永遠不會吃虧，兩兄弟天生無所畏懼，正面迎戰，不容欺凌，否定一切，跟各種怪物打起架來必須一決勝負否則不罷休（其中免不了會有許多誤會）。

我要強調的是，我說他們的武器是榔頭，不是短棍。他們兩個可不是新法西斯信徒……[1]

這個故事有強烈的意識形態（我必須離題一下），這個不能騙人。可是那並非事先規畫，而是自發生成。有一天，我心裡想著要以老朋友亞瑟的雙胞胎兒子寫一個故事，他們叫馬可和亞美利戈。我把他們的名字寫在一張紙上，之後又無意識地重複寫在一份故事改編準則裡，於是有了馬可和米可兩個名字，比原本的名字更對稱，也更像雙胞胎。至於接下來會想到榔頭（martello），顯然是因為受到馬可（Marco）字首 mar 的影響，跟米可（Mirko）

1　短棍是法西斯慣用的攻擊武器。

看似無關，但 mir 多少還是加強了聯想。榔頭用複數（martelli）不只是爲了呼應他們人手一把的邏輯，同時也是爲了跟「雙胞胎」（gemelli）這個詞彙押韻。文中雖然沒有提及雙胞胎這個詞，但實際上無所不在。用榔頭當武器的雙胞胎靈感是這麼來的，其他都是推演的結果。

有些角色則是由名字而來。例如「海盜」、「江洋大盜」、「先鋒」、「印地安人」、「牛仔」等等。

我們如果想創造一個新的牛仔角色，要謹愼形塑他的特質。例如口頭禪，或某個代表道具。勇敢的牛仔？太普通。痞子牛仔？用爛了。會彈吉他或斑鳩琴？老套。我們可以在樂器上做變化。彈鋼琴的牛仔，感覺比較吸引人……或許最好讓他鋼琴不離身，用馬馱著走……

　　鋼琴神槍手傑克（還是鋼琴神槍手比利？）總是帶著兩匹馬出門。他自己騎在第一匹馬背上，鋼琴則馱在第二匹馬背上。他獨自在托爾法山頭兜轉，紮營的時候把鋼琴架在地上，不是彈布拉姆斯的搖籃曲，就是彈貝多芬作的迪亞貝利（Anton Diabelli）華爾滋變奏曲。野狼和山豬大老遠跑來聽他彈琴。原本就喜歡音樂的乳牛產量跟著提高。在無法避免與盜匪或警長交鋒時，鋼琴神槍手傑克不開槍，他只要彈巴哈的賦格曲、不和諧的無調性音樂或匈牙利作曲家貝拉·巴爾托克（Béla Bartók）《小宇宙》（*Mikrokosmos*）其中幾段發動攻擊，就能讓人逃之夭夭……如此云云。

27.
飲食和「飲食遊戲」

蘇聯心理學家維果茨基（L.S. Vygotskij）在《思維與語言》（*Myshlenie i rech*）[1] 一書中寫道：「心智歷程的發展是從孩子和父母之間的對話開始，對話包含詞彙和手勢。當孩子第一次將這些談話內化，並且在心裡醞釀談話的時候，表示他開始有了自主思維。」

我淘汰了很多金句，最後選擇了這一段話來開啓「家庭想像力」的系列觀察，因為我認為維果茨基從父母親講話這個角度切入，淺顯易懂，比其他人費盡力氣又說又寫依舊讓人一頭霧水好得多。

這位心理學家所說的對話，主要是指獨白，也就是母親或父親不求回答自行展開的對話，包括發出安撫的聲音、鼓勵和微笑，一次又一次足以刺激辨識或引發驚喜的小事情，對絆倒摔跤的反應，牙牙學語前聽的音樂。特別是母親，從嬰兒出生的第一個星期開始就會不厭其煩地跟小寶寶說話，讓嬰兒彷彿被溫柔、溫暖的話語包裹。這是為人母自發的行為，彷彿每一位母親都讀過義

1　作者參考瓜拉爾第出版社所出的義大利文版：*Pensiero e linguaggio,* Guaraldi, Bologna 1967。

大利教育家蒙特梭利（Maria Montessori）提出的「兒童吸收性心智」理論，認為孩子會吸收外界的語言及所有訊息後內化。

「小朋友雖然不懂，但是很開心；雖然他不知道發生了什麼事，但是他在聽我講話。」一位母親如此反駁理性派小兒科醫生的說法，她通常會完全以和大人講話的方式跟襁褓中的嬰兒交談。

「小朋友沒有聽，但是他看著你，他覺得開心是因為你在那裡，你在關心他。」

「小朋友多多少少懂一些，知道有什麼事情正在發生。」母親會如此堅持。

要把聲音和臉連結在一起也是一項工程，屬於心智活動的初階成果。母親跟還聽不懂的嬰幼兒說話是有用的，不只是因為她提供陪伴，而陪伴意味著保護和溫暖，也是因為她提供食物，餵養嬰幼兒對「刺激的需求」。

母親說的話往往充滿想像力和詩意，加上不斷推陳出新的手勢，把洗澡、換尿布、吃飯全都變成兩個人之間的遊戲。

「我把小鞋子套到他的手上，而不是穿在腳上的時候，我看到他笑了。」

六個月大的嬰兒在母親假裝把餵食的湯匙送進耳朵裡的時候，會覺得很好玩，開心歡呼，要求母親重複做那個動作。

這些遊戲之中有些其實源自傳統習俗。舉例來說，餵幼兒吃飯的時候，為了鼓勵他多吃一口，會說這一口是「為了阿姨吃的」或「為了奶奶吃的」等等。這麼做顯然有些欠缺理性，就像下面這首童謠說的：

為媽媽吃一點，

為爸爸吃一點，

為住在桑提雅的奶奶

吃一點，

為住在法國的阿姨

吃一點。

結果小朋友

吃到肚子痛。

　　小朋友在某個年齡之前都願意玩這個遊戲，因為可以喚醒他的注意力，讓他在吃飯過程中感覺有好多人圍繞在身旁，彷彿「國王的午餐」，讓吃這個行為具有象徵意義，讓他掙脫日常一成不變的束縛。飲食變成一種美學行為，也是一種「飲食遊戲」，是「表演飲食」。包括穿衣服或脫衣服，如果以「穿衣服遊戲」或「脫衣服遊戲」形式進行，也會變得更有趣。我想問帕薩托雷這類遊戲是否也符合他的「生活遊戲劇」定義，可惜我沒有他的電話號碼……

　　比較有耐心的母親會想辦法每天確認「……遊戲」是否有效。其中一位母親跟我說，她的孩子很早就學會自己扣鈕子。這位母親之前在幫孩子扣鈕子的時候說了小鈕鈕的故事：她說小鈕鈕在找自己的家，可是老是找錯地方，當他好不容易走進自己家門的時候簡直高興極了。她有可能說的是「小門門」，過度濫用了我們不建議使用的「縮小化暱稱語」。但是結果是好的，意義重大，

說明了教育活動中想像力的重要性。

別以為小鈕釦的故事變成白紙黑字，還能保存原有魅力，小鈕釦僅屬於彌足珍貴的「家庭絮語」（*Lessico famigliare*，讓我們借用一下義大利女作家娜塔莉亞‧金茲柏格〔Natalia Ginzburg〕的書名）。如果小朋友早已學會扣釦子，不用多想就能獨立完成這件事，然後才在書上看到這個故事，故事對他來說已經沒有任何意義。更何況已經會扣釦子的孩子，會希望讀到比小鈕釦找家更豐富飽滿的冒險故事。

就我看來，應該對「母親談話」做更進一步的分析，那些必須為小小孩（比小拇指還小的小朋友）編故事的人，格外需要這麼做。

28.
餐桌故事

假裝把餵食湯匙送進耳朵裡的母親，不知道她這個行為是藝術創作的一個基本手法：讓湯匙「異化」，脫離原本平庸無奇的世界，賦予它新的意義。這跟小朋友用椅子當火車，或在浴缸裡讓小汽車代替小船下水，或讓熊布偶充當飛機是一樣的道理。安徒生用針，或頂針，也塑造了一個冒險犯難的故事角色。

為小小孩編故事，可以善加利用他吃飯時出現在餐桌上或寶寶餐椅上的東西。我接下來必須舉例說明，不是為了教導各位母親如何做母親（老天明鑑），而是因為如果不做示範就無法說明清楚。以下是一個簡易分析：

湯匙。那位母親故意做錯的動作會帶動其他可能性。湯匙不知道該去哪裡，先對準了眼睛，再進攻鼻子。於是我們有了二元相生的「湯匙／鼻子」，不用太可惜。「很久很久以前有一個人鼻子長得像湯匙，他不能喝湯，因為他沒辦法把他的湯匙鼻子送進嘴巴裡……」

我們把兩個元素前後順序顛倒一下，從鼻子開始做變化：鼻子／水龍頭、鼻子／熨斗、鼻子／電燈泡……

「有一個人的鼻子是水龍頭。其實很方便，擤鼻涕的時候把水龍頭打開，之後再關上就好……但是有一天水龍頭開始漏水……」（小朋友聽到這個故事想笑，是因為他有類似經驗。我們跟鼻子之間的關係可不容易。）

「有一個人的鼻子是菸斗，他是個老菸槍……很久很久以前有一個人的鼻子是電燈泡，可以打開或關掉，幫餐桌照明。他每次打噴嚏的時候電燈泡都會破掉，只好再換一個電燈泡……」

一根湯匙就能讓我們編出這些鼻子故事，而且我認為如果做精神分析應該都可以得到十分有趣的結果（讓我們得以更近距離觀察小朋友）。因此，湯匙其實可以變成一個自主的角色，它能走，能跑，也會摔倒。湯匙還跟叉子談戀愛，它的情敵是恐怖的餐刀。這個新的情境讓故事朝兩種可能發展：其一是順應或突顯湯匙這個實物的真實狀態，其二是創造一位「湯匙先生」，讓實物約化為一個單純的名字，但保留原本特質。「湯匙先生瘦瘦高高，頭特別大，因為他的頭太重，沒有辦法站立。他覺得用頭下腳上的姿勢走路比較輕鬆，因此在他眼中的世界是顛倒的，累積了許多錯誤的想法……」這是擬人化的生動教育，安徒生童話也是如此。

小餐盤。如果讓小朋友自己來，會自動自發找出盤子的象徵性用途，把盤子變成汽車或飛機。何必阻止他？偶

爾打破一個小餐盤也不算什麼吧？不如強化這個遊戲，反正我們已經很熟悉了⋯⋯

小盤子會飛，他飛去看奶奶，找阿姨，或去工廠找爸爸⋯⋯他有什麼話對他們說？他們又會跟他說什麼？我們站起來，跟著（捧在手上的）盤子「飛」過房間，飛向窗戶，穿過門之後消失不見，再飛回來的時候上面多了一顆糖果，或是讓人小小意外的無用之物⋯⋯

小盤子是一架飛機，小湯匙是飛機駕駛。小湯匙坐在小盤子上繞著吊燈轉，彷彿那是太陽。他就這樣環遊世界，說得很輕鬆⋯⋯

小盤子是一隻烏龜⋯⋯小盤子是一隻蝸牛，茶杯就是他的殼。（茶杯就留給讀者自由發揮吧。）

糖。先拆解成幾個「首要元素」。糖是「白色」的，味道是「甜」的，「跟沙一樣」，於是我們得到了三個發展方向：「顏色」、「味道」和「形狀」。當我寫到「甜」，想到的是如果世界上的糖忽然都不見了，會發生什麼事。所有甜的東西突然都會變成苦的。奶奶正在喝咖啡，可是咖啡好苦，她不禁懷疑自己是不是誤把鹽巴當成糖加了進去。整個世界都是苦的，這是某個壞巫師幹的好事，因為他自己日子過得很苦（我把這個故事送給第一個舉手的人）。

糖消失不見這件事，讓我可以趁機說明「想像力減法」的重要性，慎重解釋，而不是附帶一提。操作方式在於讓這個世界上所有東西一個接著一個消失不見。**太陽消失**，不再有日出，世界永遠黑漆漆……**金錢消失**，股票市場一陣慌亂……**紙張消失**，原本被紙包裹保護的橄欖紛紛掉落地面……減少一個又一個東西，最後世界空無一物，變成了什麼都沒有的世界……

> 很久很久以前，什麼都沒有先生走在什麼都沒有的路上，他沒打算去任何地方。他遇到了一隻什麼都沒有的貓，沒有鬍鬚，沒有尾巴，也沒有貓爪……

我已經寫過這個故事。這故事有沒有用？我想應該有。小朋友本來就會玩「什麼都沒有遊戲」，只要把眼睛閉起來就是。這遊戲可以讓物真實存在，讓物脫離表象而存在。當我看著桌子說「桌子不見了」的時候，桌子變得格外重要。彷彿那是我第一次注視桌子，不是為了看桌子是什麼樣子（我本來就知道），而是為了察覺桌子「在」，而且「存在」。

我相信小朋友從很小就意識到「在」與「不在」之間的關係。有時候你會發現小朋友閉上眼睛好讓東西消失不見，然後重新睜開眼睛好讓東西出現，而且他們會很有耐性地重複這個動作。哲學家探討「存在」（Essere）和「虛無」（Nulla）的時候選擇字首大寫，表示對這兩個頗具深意的崇高概念嚴肅以對。其實他們不過是站在高處，重溫兒時遊戲罷了。

29.
在自己家裡旅行

　　撇開大人的使用模式，對一歲的孩子來說，桌子是什麼？桌子是屋頂，可以窩在桌子下面，覺得自己是這個家的主人，為自己量身打造的家，不那麼大，不那麼可怕，不像大人的家。椅子很有趣，因為可以推來推去，知道自己力氣究竟有多大，也可以把椅子翻倒之後拖著走，或從不同方向在椅子下面鑽來鑽去。如果椅子撞到你的頭，你還可以打它，說：「椅子壞壞！」

　　桌子和椅子對我們來說是日常用品，所以我們視而不見，使用的時候毫無感覺；對小朋友而言，桌椅卻始終是曖昧不明但提供多面向探索的對象，向他們伸出知識、幻想、體驗和象徵的手。孩子一邊學習認識表面材質，一邊跟桌椅玩耍，提出各種假設。從累積的正面資訊出發，持續運用想像力。

　　小朋友固然知道打開水龍頭，水會流出來，但是這一點並不會阻礙他認定那是因為水龍頭「另一邊」有一位「先生」把水倒進水管裡，所以才有水從水龍頭流出來。

　　小朋友不懂「矛盾原理」，他可以是科學家，也可以是「泛靈論者」（「桌子壞壞！」）兼「人工主義者」（「有一個先生

把水倒進水管裡」）。孩子會同時擁有這些特質好多年，各自比例隨時間而異。

從這個觀察衍生出一個問題：用家裡的實物當作故事主角說給小朋友聽，真的好嗎？我們會不會變相鼓勵他往泛靈論和人工主義論方向發展，而損及他的科學精神？

我提出這個問題是出於謹慎，而非出於憂慮。之所以「玩物」，是為了更熟悉那個物。我認為不應該給遊戲的自由設限，抹殺遊戲的認知和教育功能。想像力不是令人害怕的「惡狼」，也不是需要時時緊迫盯人、嚴加防範的罪行。

我會一點一點試著釐清小朋友在某個時刻對某樣東西感興趣，是因為他想要「關於水龍頭的資訊」，還是想要「跟水龍頭玩」，以便讓孩子用自己的方式得到他需要的資訊。

在這個前提下，我羅列出幾個實用準則，讓我跟小朋友在面對居家用品這個主題時更有話說。

1. 首先我必須知道，剛剛有辦法從椅子上爬下來或逃離嬰兒床「監牢」的幼兒第一次冒險，就是探索他的家，去認識各種家具和機器，認識它們的樣子和用途。這些東西提供小朋友早期觀察和情緒波動的素材，讓他生出一本專屬辭典，記錄他成長的這個世界的點點滴滴。我會在讓小朋友自己發想或同意故事如何發展的原則下，告訴他那些東西的「真實故事」，同時謹記這些「真實故事」有很大一部分對他而言純粹是一連串發出聲響的文字，是讓他可以運用想像力的施力點，跟童話故事完全一樣。如果我跟他說水是從哪裡來的時

候，用上「泉水」、「流域」、「渠水道」、「河流」、「湖泊」等等詞彙，會讓他在探索物的過程中一知半解，除非他親眼看見或觸摸到那些實物。如果我事先準備好圖卡，或許會好一點，圖卡內容可以是「關於水從哪裡來」、「關於桌子從哪裡來」、「關於窗戶玻璃從哪裡來」等等，至少讓他看見東西的樣子。但是我沒有圖卡。至於適合零歲到三歲幼兒閱讀的「文學作品」，一是還沒有問世，再者也還沒有經過系統性的研究，最多只有一些零散的見解。

2. 我會把小朋友的「泛靈論」和「人工主義論」當作創作故事的來源之一，不會引導或故作「錯誤」解釋。我認為「泛靈論」童話故事會以某種方式讓小朋友知道「泛靈論」並非解決之道。那些把桌子、電燈泡或床擬人化的童話故事，就象徵機制而言，跟他在那些東西上發揮想像力所玩的「假裝……就可以」遊戲十分類似，小朋友可以完全不顧那些東西的特性，進而意識到「真實／想像」、「真的真實／遊戲中的真實」的對立關係，開始建構現實世界。

3. 我得思考今天小朋友「在自己家裡旅行」的特性，跟我小時候在家裡做的旅行顯然大不相同。

這一點值得好好思索。

電燈的光、瓦斯爐、電視、洗衣機、冰箱、吹風機、果汁機、音響是今天孩子會看到的部分家居景色，跟他爺爺那一輩所見的家居景色很不一樣，以前小朋友的成長環境裡有柴爐、壁爐和水桶。今天小朋友的世界裡到處都是機器。

　　每一面牆上都有開關和插座，儘管小朋友知道不能把手指頭塞進去，我們還是要有心理準備，他很可能會進一步思考人以及人的能力，該如何開燈，如何讓機器發出嗡嗡聲或窸窣聲響，如何讓熱變冷，如何讓生食變熟食等等。他的玩具裡也有各式各樣的機器，是大人世界裡機器的縮小版。

　　外面的世界會以各種方式滲透到家裡來，一個五歲的小朋友不明所以：電話鈴聲響，會聽到爸爸說話的聲音；轉開收音機的開關，會聽到聲響、雜音和歌曲；按下電視機的電源，螢幕裡會出現各種影像，慢慢地每個影像會產生詞彙，需要捕捉和積累，每個影像也會釋放需要小心翼翼解讀的資訊，之後才能跟他已經獲得的其他資訊放在一起。

　　今天的小朋友對世界的概念，跟與他相差數十歲的祖父孩童時期對世界的概念自然不可能一樣。他的經驗讓他有能力完成不同的操作，或許包括更複雜的心智操作在內，即便關於這部分並沒有具公信力的測量機制。

　　還有，家裡這些物品釋放的資訊是，它們是什麼材質，外表塗了什麼顏色，設計成什麼樣子（由設計師設計，不再是工匠完成）。「閱讀」這些物品的同時，小朋友所理解的跟爺爺「閱讀」油燈所理解的並不相同。因為這些用品所屬的文化模式不同。

　　對爺爺而言，準備食物的人是媽媽。對孫子而言，為他準備食物的是大型企業，在孩子有辦法邁開雙腳離開家之前，已經被捲入大型企業的運作。

　　現在我們有了非常豐富的資料可以創作故事，也可以用更豐

富的語彙來說故事。經驗的功能之一是想像，今天小朋友的經驗遠比以前孩子的經驗更廣（不知道能不能說更強烈，這是另外一個問題）。

說到這裡，再舉例似乎有些多餘。每個家居用品以各自的特色給童話故事提供發揮機會。我已經寫了幾個跟吊衣架有關的故事。另外一個例子是住在冰箱裡的冰淇淋王子。我還寫了一個太愛看電視的人掉進電視機裡面的故事。我撮合了一個年輕人（他之前愛上他的紅色日本摩托車）跟一臺洗衣機結婚。我催眠了一張受詛咒的唱片，只要聽到這張唱片的人都會忍不住跳舞，有一天兩個小偷偷走了這張唱片等等。

至於小小孩，我想應該從跟他們關係更緊密或更特別的物品開始，例如床。小小孩會在床上蹦跳、玩耍，只要不睡覺，做什麼都好。小小孩討厭床，睡覺時間一到，他在做的重要工作就會被迫中斷。我們就借用他的排斥心態來說故事：

> 這是關於不讓小朋友睡覺的床的故事。床自己翻倒，跳上天花板，在樓梯平臺上奔跑後摔下樓梯。枕頭不肯待在腦袋瓜的位置，一直往床尾跑……還有一張裝了引擎的床，會跑到遙遠的國度旅行，捕捉鱷魚……有一張床會講話，它說了好多故事，其中包括某張床不肯讓小朋友睡覺的故事……

就算我們順應物品的特性說故事，還是可以任性妄爲，自由

發揮。下面這個例子，我們可以看到小朋友賦予物品各種匪夷所思的角色：

　　　　有一張椅子跑著去搭電車。時間已經晚了，椅子跑得很快，四隻腳幾乎不著地。突然間它的一隻腳掉了，搖搖晃晃看起來很驚險。幸好有個年輕人經過，接住了那隻腳，幫椅子裝回去。年輕人一邊幫椅子裝腳，一邊叮嚀椅子說：「別跑那麼快，生命比時間寶貴。」椅子說：「年輕人，你別管我了，我還得趕電車呢。」椅子跑得比剛才還快。還有，這張椅子的專業是教鸚鵡說話……

　　吃飯時、就寢前，都是說這些故事的好時機。這些故事未必非得遵循「奏鳴曲形式」的鐵律，可以更有彈性，也更「即興」。可以只有隻字片語，或片段，或繞來繞去，可以只有開始沒有結尾，可以從一個故事跳去另一個故事，忘記原本說到哪裡，像動物園裡的猴子動個不停。總而言之，在家裡旅行的故事可以跟最早的兒童遊戲一樣，幾乎永遠不落幕，像自由的流浪者遊走在不同的故事之間，到處都有被拾起、丟下、再拾起，最後遺失在路途中的各種物品。

30.
把玩具當作故事角色

　　玩具世界和大人世界之間的關係，並不如第一眼看到的那麼涇渭分明，一方面玩具是一種「墮落」，另一方面玩具也是一種「征服」。大人世界裡曾經極爲重要的某些東西爲了不因時代變遷而徹底消失，只能接受自己變身成爲玩具。例如弓箭，不再是戰場上的利器，經過修整後成爲比賽、遊戲裡用的器材。還有面具，我們眼睜睜看著面具慢慢放棄它在大人嘉年華會中扮演的角色，被兒童壟斷了用途。洋娃娃和陀螺，原本是具有儀式性的聖物，後來才變成孩童的玩具。即便是最稀鬆平常的物品，也有可能離開平日習慣的位置，例如壞掉的老鬧鐘可能被降格成玩具，但也可以把這件事當作升格。小朋友發現被遺忘在閣樓的衣箱，陳年衣物變成孩子的寶藏，舊衣箱重獲新生，這樣算是「墮落」，還是「昇華」？

　　小朋友所到之處，所有物品、動物和機器都恰如其分地變形成爲玩具。藝術、職業和專業也都可以變成遊戲。當然，生產小火車、小汽車、全套洋娃娃系列產品和「小小化學家」組合玩具的是玩具大廠，這個產業不斷把大人世界裡的東西縮小迷你化，因此也少不了迷你坦克車和迷你飛彈。然而小朋友模仿大人既不

是玩具製造大廠的發明，也不是被誘導後產生的需求，而是因為小朋友企盼長大。

　　所以玩具世界是一個複合的世界，小朋友對玩具的態度也是如此。一方面小朋友聽從玩具的提示，學習如何在跟玩具配套的遊戲中使用玩具，走過玩具提供的所有遊戲路徑。另一方面，小朋友把玩具當成一種表達自我的工具，有點類似委託玩具把他的劇本演出來。玩具固然是小朋友意圖征服、較勁的世界（所以會因為想知道玩具是怎麼做的，而有拆解玩具或搗毀玩具的衝動），但同時玩具也是小朋友的一種自我投射和自我延伸。

　　小女孩玩洋娃娃，還有令人眼花撩亂的周邊產品，包括縮小版的衣服、家具、餐具、碗盤、杯子、家電用品、房子和別墅，其實是在遊戲中總結她對家庭生活的認知，她練習操控那些物品，整理排列，給每樣東西分配空間和角色，但是同一時間，她又用洋娃娃來展演她的人際關係，以及她內心的矛盾衝突。她用媽媽責罵她的相同詞彙責罵洋娃娃，好把罪惡感轉移到洋娃娃身上。她安撫、寵愛洋娃娃，表達出她對情感有所需求。她可以選一個洋娃娃，把它當成讓自己心生妒忌的弟弟，以非常特別的方式對它又愛又恨。這些具有象徵意義的遊戲，一如知名瑞士心理學家皮亞傑（Jean Piaget）所說，是一種「實境思維活動」。

　　小朋友在玩耍的時候常常會跟自己說話，一邊跟自己說遊戲要怎麼玩，一邊擺弄玩具，或放下玩具，跟著某個詞彙走，陷入某個突然浮現的記憶裡。

　　除了義大利教育心理學家巴托羅梅斯（Francesco De

Bartolomeis）觀察一間幼稚園內一起玩耍的小朋友「集體獨白」的現象，得到了有趣結果（「一起玩」的真相是所有孩子各玩各的，彼此沒有「交談」，但是每個小朋友都在高聲「獨白」），我認為小朋友的「獨白」遊戲並沒有得到應有的關注。我想，如果對小朋友和玩具之間的關係進行研究，應該會發現很多我們不知道的事情，而且對認識「想像力的文法」也有極大幫助。我清楚知道，因為我們的漫不經心，有無數發現就此流失，難以挽回。

小男孩玩積木的時候，一個小時內會說多少話？他說了哪些話？跟他正在玩的遊戲內容、遊戲策略和戰術關係是否緊密，是否背道而馳？哪幾個積木組合突然間變成了故事角色，有了名字，開始自主行動，展開個人奇遇？遊戲過程中，哪些想法開始有所連結？經過仔細觀察，我們是否可以給那些手勢、符號化過程、積木組合找出含義？我們只知道（因為有耐心十足的學者做了實驗測試）小男生傾向於將積木垂直堆高，小女生則傾向勾勒出一個空間。找出意象結構和生理結構之間的對應關係，對我們這些門外漢來說太有吸引力，也太不可思議。但是這樣不夠，我們想知道更多。

用玩具編造故事是再自然不過的事，我們跟小朋友玩的時候會下意識這麼做，故事其實就是玩具的延伸、發展，是玩具所帶意涵的歡樂大爆發。那些找到時間陪小孩玩洋娃娃、積木和小汽車的父母都知道（陪小孩玩應該是一種義務，而且不難做到）。

大人跟小朋友玩的時候，占有見多識廣的優勢，懂得運用想像力走得更遠，因此小朋友都喜歡父母當玩伴。舉例來說，大人

小孩一起玩積木，大人會計算比例、注意平衡，可模仿的形式選擇更多樣，遊戲也會變得更豐富，多了有機性，持久度提升，同時還能開展新視野。

跟小朋友玩，並不是「取代孩子」，讓他淪為可有可無的觀眾。跟小朋友玩，是要為他效力，聽他指揮。是「跟他玩」、「陪他玩」，以激發他的創意發想能力，把新的工具交給他，等他自己一個人玩的時候可以拿出來用，同時教會他怎麼玩。小朋友會一邊玩一邊說話，我們要向他學習如何跟遊戲中的道具說話，給它們取名字，決定角色，運用美國心理學家布魯納（Jerome Bruner，《論認知：左手隨筆》〔*On Knowing: Essays for the Left Hand*〕）所言「被物支配的自由」，將謬誤轉化為創意，或故事裡的行動。[1]同時要學會像小朋友一樣，把祕密吐露給那些玩具聽，讓玩具轉告孩子我們有多愛他，他可以依賴我們，我們的力量也屬於他。

於是在遊戲中產生了一個「小劇場」，劇場舞臺上有絨毛玩偶、迷你起重機、小房子和小汽車，親朋好友也都軋上一角，童話故事人物在其中來來去去。

遊戲中的玩具如果被迫只能侷限於它的技術定位，很快就會被摸透，而且迅速被掏空；我們則會覺得無聊，不管大人或小孩都一樣。所以場景的變換、急轉直下的劇情或荒謬的轉折，都有助於新發現。

有心的大人想從孩子身上學到「戲劇化」的基本原則並不難，

1　作者引用阿曼多出版社的義文譯本：*Il conoscere*, Armando, Roma 1970, p. 51。

而且大人可以把戲劇化過程帶向更有啓發性、更高的層次，那正是小小說故事人力有未逮之處。

31.
提線戲偶和手托戲偶

　　「小劇場」這個名詞，不急著明確定義的話，也包括提線偶和手托偶的劇場，登臺表演的是這些魅力十足的小傢伙。關於這一點我就不多說了，因為我無意跟德國大文豪歌德（Johann Wolfgang von Goethe）及小說家兼戲劇家海因里希‧馮‧克萊斯特（Heinrich von Kleist）比賽，看誰更能說出戲偶的魅力何在。

　　我到目前為止玩過三次手托木偶：一次是在小時候，樓梯下方有一扇小窗，就充當我的戲臺；後來我在馬焦雷湖畔一個小鎮當小學老師，演給我的學生看過（我記得那些學生裡面有一個小男孩跟神父告解後，就把告解內容全部寫進日記裡，包括神父跟他之間的問與答）；再後來我還演過幾個星期的手托偶戲，觀眾是農民，他們送我雞蛋和香腸作為回報。偶戲師傅是全世界最棒的職業。

　　撇開提線戲偶和手托戲偶外貌細節上的差異不談，它們是因為雙重「墮落」才變成了小朋友專屬。它們的遠古祖先是原始部落的儀式面具。第一次墮落是從聖物墮落為俗物，從儀典墮落到劇場。第二次墮落，是從劇場墜入遊戲場。這段歷史演變就發生在我們眼前。義大利除了偶戲大師奧特羅‧薩茲（Otello Sarzi）和

少數幾位他的至交好友，還有誰堅守這個民間劇場的傳統形式？

馬力亞諾‧多奇（Mariano Dolci）跟隨薩茲工作多年，為雷久‧艾密里亞市文化教育局撰寫了一篇彌足珍貴的務實小論文〈手托木偶，談學校的教育工具〉（I burattini — strumento pedagogico per la scuola），在第十一頁談及手托戲偶逐漸式微：

> ……這些小劇場在民間文化中扮演很重要的角色，瀏覽直到二十世紀初為止上演過的劇本標題，議題涵蓋範圍之廣，讓人目瞪口呆。我們看到取材自聖經、神話故事的劇本，也看到改編世界知名戲劇作品和文學作品的縮簡版，有歷史重建，也有以社會、政治、爭議議題、反宗教、時事為背景的喜劇。

我碰巧看過一齣提線戲偶演出的短版《阿伊達》（*Aida*）歌劇。至於「重量級」手托偶劇，我看過《被活埋的姬內芙拉‧德伊‧阿米耶利與盜墓者久皮諾》（*Ginevra degli Almieri, ovvero La Sepolta Viva, con Gioppino ladro di sepoltura*）。我之所以記得，是因為我看戲的那天晚上愛上了一個來自克雷蒙納的女孩。我不記得她叫什麼名字，因為令我永難忘懷的真實初戀發生在很久很久以後。

薩茲跟他的友人為手托戲偶貢獻良多。我記得他們做的最重要一件事是，他們開始跑學校，不只是為了表演，同時也是為了教導小朋友如何製作、操作手托戲偶，如何搭建小劇場，準備舞臺、燈光和音樂，如何創作故事、改編成劇本、上臺演出。馬力

亞諾‧多奇跟《木偶奇遇記》裡的馬戲團團長一樣留著一臉落腮鬍，小朋友一看到他，就知道可以從他那裡得到很了不起的東西。馬力亞諾‧多奇從布袋裡取出幾顆圓圓的白色人頭，教小朋友如何黏鼻子和眼睛，如何畫嘴巴，設定人物個性和身材，幫它們穿上衣服，然後把手指伸進去……

在雷久‧艾密里亞市的幼稚園裡，手托偶小劇場是固定設備。任何時候，小朋友都可以躲進去，拿起他最喜歡的戲偶就開始「工作」。如果有另一個小朋友來，兩齣戲可以同時在舞臺上演出。但是兩個小朋友也可以經由討論之後做角色輪替：先是戲偶 A 拿拐杖打戲偶 B，之後換戲偶 B 打戲偶 A。有些小朋友只肯透過戲偶對話。有些小朋友在鱷魚戲偶出現的時候拚命閃躲，以免被吃掉。明明猛獸身體裡面是他們的手指在操作，但是誰知道下一秒會發生什麼呢……

英年早逝的伯納諾老師在羅馬巴迪尼小學任教，他帶的五年級小學生走進偶戲小劇場，就會把平時不敢跟老師說的話統統說出來。伯納諾老師坐在舞臺前方，一字不漏全都聽進去，而且能聽懂，就這樣他知道了孩子對他真正的想法。有一次他跟我說：「我因此認識了自己的缺點。」

通常在學校比較常見手托偶，家裡則比較常見提線偶。照理說應該有原因，但我看不出原因何在。我所知最美的提線偶小劇場是英國人用厚紙板製作的，切割後組裝，包括舞臺和人物也都用厚紙板完成，變化萬千；因為這樣的小劇場沒有冗餘，化繁為簡，剩下的都靠無中生有。

提線戲偶和手托戲偶的專屬語言是肢體語言。他們不適合長篇獨白（除非是哈姆雷特自言自語，不時有魔鬼介入，試圖偷走他的腦袋瓜或放一顆番茄在他手裡），也不適合長篇對話。不過如果只有一個手托木偶，厲害的表演者可以跟小觀眾對話數個小時都不會累，小朋友也不覺得累。

手托偶小劇場跟提線偶小劇場相比，前者有更豐富的行動想像空間，而後者則在舞臺設計和布景上勝出，小女生可以在舞臺上擺滿洋娃娃的家具，這會花很多時間，而且布置過程中會發生很多事，最後根本都不需要表演。

這兩種小劇場都只能靠實務參與來學習，沒有什麼可說，我最多只能建議大家去看馬力亞諾·多奇寫的那篇論文。

此時此刻，我關注的問題是：我們可以為提線偶和手托偶創作怎樣的故事？

民間故事，以及之前談過用某些技巧改編的民間故事，提供了取之不竭的資源。但是要注意，加入喜劇角色是必要的，喜劇角色向來富有想像生產力。

隨機選擇兩個戲偶就是一種「二元相生想像力」，需要解釋的讀者，請自行參閱前面相關章節。

既然小劇場可以傳遞某些「祕密訊息」，我想藉機談談兩種想像力練習：第一，利用電視節目提供的素材，無須費力就可以為原本被動接收節目的受眾創造出「另類」改編版本，或建立「另類」的批判準則。第二，賦予某些人物隱藏性角色。

我對這兩點來做個說明。

基本上所有電視節目都可以當作故事素材，搬上小劇場演出，沒有人規定非得以「反傳播」的方式呈現，那其實是自然而然發生的。我們想像一下提線偶或手托偶的動作，近乎荒謬的簡約，讓電視上趾高氣揚的節目主持人、會唱歌的狗、電視猜謎的競賽者、影集裡從不失手的偵探和魔人都變得滑稽可笑。或是把電視裡的人物跟風馬牛不相及的人物合而為一，例如讓小木偶去播報電視新聞，女巫上兒童歌唱比賽節目，惡魔參加一年一度的紅白歌唱大賽。

我在一所小學看到取材自《勝者全拿》競賽節目的表演，參賽者之一是惡魔。我在那不久之前，才說過有鱷魚去參加那個節目，把主持人麥克‧布翁玖諾吃掉的故事。小朋友手邊的戲偶沒有鱷魚，但是有惡魔，結果他們的故事遠比我的好笑許多。

第二個練習可以在家裡做，對象是小小孩。既然小學生可以藉由戲偶老師跟真實世界裡的老師溝通，我們也可以透過提線戲偶在家裡跟我們的小孩對話。要注意的是，戲偶對應的身分基本上是固定的。所以不管國王戲偶做什麼，他代表的永遠是父親、權威、力量、小朋友需要但也有可能害怕的大人，是壓迫者，但是也會保護小孩免於危難。皇后通常代表母親。王子（或公主）是小朋友自己。仙女是「美好的」，代表好的魔法、希望、得償所願和未來。惡魔則代表恐懼、埋伏在暗處的怪物和所有潛在敵人。記住這些對應關係，就可以讓提線偶在演出它們的奇遇故事時，把讓小朋友安心的訊息傳遞出去。用符號溝通，跟用話語溝通同樣重要，有時候，符號反而是跟小朋友溝通的唯一方式。

　　我沒有嘗試過，所以我不知道小朋友是否樂意看到戲偶用他的名字、代表他在小劇場演出。有可能孩子能夠接受這個遊戲，就像他接受自己成爲故事主角一樣。但是也有可能他拒絕如此公開、明確、顯而易見且毫無遮掩的「代言關係」。小孩也想保有自己的祕密（史丹裴〔Hans Stempel〕和李朴肯〔Martin Ripkens〕一九七二年在德國慕尼黑出版了一本童書，書名正好就叫作《小孩也想保有自己的祕密》〔*Auch Kinder haben Geheimnisse*〕）。

32.
小孩當主角

「很久很久以前，有一個小男孩名叫卡洛。」

「跟我一樣？」

「對，跟你一樣。」

「所以那個小男孩就是我。」

「沒錯，就是你。」

「我那時候做了什麼？」

「我現在就說給你聽。」

在母親和小孩之間最常聽到的這則對話裡，有義大利文的「未完成過去進行式」這個語法時態（「很久很久以前」、「我那時候做了什麼」），也是小朋友準備開始玩遊戲時，爲了改變情境會用的時態：[1]

1　此處提到的「未完成過去式」爲「imperfetto」，是義大利文動詞時態的一種，呈現該動作在過去時空發生且處於持續狀態（未有明確的完結時間點）。如文中所述，在講述故事時通常會使用這種時態；至於義大利小孩在遊戲時運用這個時態一事，現今似乎不是普遍狀況，故已不可考。在中文裡，類似的時間關係通常是靠前後語境來傳達，甚至有時（例如遊戲的狀況）會以未來式展現，因此在轉譯上難以呈現；讀者可將本章提到的「未完成過去式」類比爲「很久很久以前……」等詞語替代。爲便於理解，本章譯文也視狀況加入類似詞語。

「我來當警察，你在逃跑。」

「你大喊阻止我……」

很像是表演前的開場「前情提要」。我認為，玩遊戲會用這種語法時態，是因為童話故事開場白向來是用未完成過去式：「很久很久以前……」相關完整解釋，請參見書末〈延伸解析〉一篇的「遊戲用動詞」。

所有母親都會以自己的小孩當主角，說故事給孩子聽，這麼做是為了符合並滿足自我中心需求。不過做母親的常會利用說故事做機會教育：

「從前從前，有個小男孩叫卡洛。卡洛常常打翻鹽罐，他不喜歡喝牛奶，也不肯乖乖睡覺……」

用童話和遊戲情境的未完成過去式來說教或恫嚇，就跟用金錶在沙灘上挖洞一樣，未免太可惜。

「卡洛是很棒的旅行家，他環遊世界，看過猴子和獅子……」

「那他有看到大象嗎？」

「也看了大象。」

「長頸鹿呢？」

「也看了長頸鹿。」

「驢子呢？」

「當然看到了。」

「然後呢？」

　　我認為這個例子就好很多。讓小朋友心情愉悅，讓他完成令人難忘的壯舉，讓他對未來充滿憧憬，而且得到滿滿回饋，就像說童話故事給他聽的時候一樣，遊戲才會有效果。我知道未來幾乎不可能跟童話故事一樣美好，不過這不是重點。

　　而且，要讓小朋友養成樂觀態度，保有信心，才能挑戰人生。還有，我們別忘了烏托邦的教育價值。如果我們無法拋開一切，期待一個更好的明天，要如何鼓起勇氣去看牙醫呢？

　　如果真實世界裡的卡洛怕黑，故事裡的卡洛就什麼都不怕，他敢做其他人不敢做的事，敢去其他人沒有勇氣去的地方……

　　在這類故事裡，母親將小朋友的經驗和他這個人當作客體，幫助小朋友釐清自己的位置，掌握以他為中心的關係網絡。

　　要想認識自己，必須懂得想像。

　　所以，不是要鼓勵孩子憑空想像（我承認，有些想像是全然空洞的，沒有任何內容，但是心理分析師應該不會同意），而是幫助小朋友做自我想像，並想像自己的未來命運。

「很久以前，有個叫卡洛的鞋匠，世界上沒有人做的鞋比他做的好看。從前有個工程師叫卡洛，他能蓋世界上最長、最高、最堅固的橋。」

　　對三歲或五歲的小朋友而言，這些並不是「禁忌夢境」，而是必須要做的練習。

　　以小朋友爲主角的故事若要更「眞實」，需要加入他個人的某個「面向」：故事裡一定要有小朋友的某位叔叔出現，某間房子的某個門房等等，其他的都不行；關鍵劇情發生的地點必須是小朋友認得出來的地點；故事用的詞彙必須讓他很有親切感。我想不需要舉例。

　　大一點的小孩通常也喜歡自己以某種方式參與故事，即便只是名字也好。我到學校去說故事的時候，常常會用專心聽故事的小孩名字給故事人物命名，還會把地名換成他們知道的地方。名字可以強化注意力，因爲增強了認同機制。

　　這個機制（看書、看電影或看電視的時候都會啓動）讓我們可以把「訊息」加進故事裡，而且有把握訊息會送達「目的地」。

33.
「禁忌」故事

　　有一種類型的故事，我個人覺得說給小朋友聽很有幫助，但是很多人可能會嗤之以鼻，姑且把這些故事稱為「禁忌」故事吧。這類故事企圖跟小朋友討論他們內心感興趣、但傳統教育界普遍歸類為「最好不要談」的議題，包括身體的各項功能，還有對性的好奇。因此這個「禁忌」指的是具有爭議性，而我要呼籲的正是打破禁忌。

　　我想不只在家庭裡，包括在學校也應該有討論這些議題的全面自由，而且不限於只從科學角度出發，因為人不是只活在科學的世界裡。我知道幼稚園老師及中小學老師想要讓小朋友或年輕學生充分表達想法、擺脫所有恐懼、克服罪惡感的時候，會遇到什麼樣的麻煩。認為「禁忌」不容挑戰的輿論，會跳出來冠之以猥褻淫穢罪名，讓學校高層出面介入，甚至高舉法律大旗意圖懲戒。如果小孩膽敢畫出裸露人體，不管是男性或女性裸體，只要具備完整特徵，學校老師就會受到他人出於性恐懼和愚蠢的無情指責。有多少老師認可學生在必要時有寫「狗屁」這個詞句的自由？

　　民間故事在這方面向來坦然，從不偽善，敘事自由奔放，毫不猶豫使用所謂「排泄式俚語」，讓人露出所謂「猥瑣」笑容，

也不避諱描述性關係等等。我們可不可以露出不猥瑣，同時又百無禁忌的笑容？我真心認為可以。

我們都知道，在孩童成長過程中，取得對自己身體功能的掌控是很重要的。心理分析惠我等良多之處，就在於讓我們知道，那種征服跟強烈、細膩的情緒活動有關。除此之外，也跟每個家庭都經歷過，孩童跟「便盆」的長期特殊關係有關，而在那個關係漸漸成形的儀式中，家庭成員無法置身事外。如果「不做」，小朋友會被威脅，如果決定「去做」，小朋友會受到表揚，如果「成功」，小朋友會受到稱讚及喝采，而且會把成果得意地展示給大家看，作為表現出色的證明。小朋友等待大人視察，討論某些跡證的意義，詢問醫師，甚或打電話問某個無所不知的阿姨。可以想見，「便盆」相關議題在幼童時期有好多年的時間占據顯赫地位，給人留下的印象卻是充滿矛盾和神祕感……為什麼如此重要的事情，之後不能自由自在地討論，就連開玩笑都不行。

大人說到不好的東西，不能碰觸或觀看的東西，都說那是「屎」。以「屎」為中心形成的世界裡，所有東西都叫人懷疑，被嚴令禁止，彷彿有罪，於是引發焦慮、擔憂和噩夢。大人活在這樣的情緒裡而不自知，彷彿那些是藏在禁止進入的密室裡的神祕之物。那麼至少可以試著在穢物、淫穢和禁忌中，尋找並找到一種喜感作為補償吧？這在民間故事裡常見，在不宜當著小朋友面前說的插科打諢裡，這樣的喜感更是有過之而無不及。插科打諢在穿梭各國做生意的旅人間廣為流傳，就跟早年商賈四處宣揚聖人事蹟或傳述遙遠國度的奇聞軼事一樣。但是我們卻禁止小朋

友在這件事情上發笑，其實他比大人更有需要……

唯有笑，才能幫助小朋友的情緒得到舒緩，讓他跟「便盆」相關議題的關係找到平衡點，從不安、神經質的牢籠裡走出來。人生中會有一段時間必須為小朋友或跟小朋友一起編造與「大便」、「便盆」有關的故事。我這麼做過，我知道還有許多父母也這麼做過，而且他們並不後悔。

在我對我父親的記憶中沒有禁忌這回事，有很多跟「排泄」這個議題有關的童謠和歌謠，都是從親戚的小孩那裡聽來的。不知道是怎樣的條件制約使然，每每都是星期天早晨大家坐在汽車裡齊聲合唱（晚上回家的路上，小孩已經太累沒辦法唱）。若不是我跟大家一樣，多多少少還要顧慮社會善良風俗，早就把那些「排泄」之歌收進我的童謠選集了。我想大概要等到二十一世紀，才會有作者提起勇氣這麼做……

不過汽車倒是對我的《米達國王的故事》（*Storia del Re Mida*）有直接影響：米達國王終於擺脫他碰到任何東西都會變成黃金的魔咒，不幸的是，現在他碰到的所有東西都會變成「大便」，偏偏他碰到的第一樣東西是他的汽車……

這個故事並無特殊之處，但是只要我去小學，就常常聽到有人要求我說這個故事，在全班心懷鬼胎的期待中，他們就是想聽到我把「大便」兩個字清楚說出來。從他們笑得東倒西歪的樣子便能知道，這些可憐的小傢伙從來無法從自己口中說出這個詞，最後乾脆不再去想。

一天早晨，我跟我家族的其他小孩在鄉下齊力完成了一部「排

泄流」小說，大概花了兩個小時，成果斐然。另一個不大好的成果是，我們笑得太凶，最後笑到肚子痛，之後再也沒有人提到它。那個故事完成了它的功能，獲得很極端的結果，而且主動積極地否定了所謂「善良風俗」。如果感興趣的話，故事大綱如下：

在塔魁尼亞這個地方什麼意外都有可能發生：今天是花盆從陽臺掉下去，正好擊中一個路人；明天是屋簷剝落，砸穿了一輛汽車……意外總是發生在那幾戶人家，永遠發生在某個時間……是巫術？還是其他邪惡力量？一位退休老師投入調查後發現，那些意外都跟目前三歲五個月大的毛里茲歐的「便盆」有直接關係，不過有些開心的事，同樣受到「便盆」的影響，包括中樂透、找到古文明寶藏等等。簡而言之，這些事件，是開心或不開心，要看毛里茲歐那天「大便」的形狀、數量、濃稠度和顏色而定。這個祕密很快就流傳開來。剛開始只有幾個家人關注，之後各組人馬都加入，敵友皆有，大家開始謀畫，以便能引導事件走向。大家對毛里茲歐的飲食動起了腦筋：由結果驗證方法……幾組人馬各顯神通，都希望能掌控他的大腸，於是大家紛紛打起主意：賄賂醫生、藥劑師、女僕……有一位來塔魁尼亞度假的德國教授得知此事，決定以此為題寫一篇學術論文，不但能滿足成就感，還能賺錢。不過在一次瀉藥意外事件後，教授變成了一匹馬，逃去馬雷馬躲起來，他的女祕書也跟著他一起跑了（可惜我不記得故事結

局，總之後來背景還擴展到太空，但我不想隨口胡謅）。

如果有一天我把這個故事寫出來，會把手稿交給公證人，要求等到二〇一七年才能出版，那時候大家對「低劣品味」的認定肯定會有所改變。等到那一天，「低劣品味」指的會是剝削他人勞動力，讓無辜者和孩童遭受牢獄之災；真正當家作主的會是能夠虛構具有教育意義故事的人，即便他的故事主題是「大便」。

幼稚園小朋友如果真的可以享有編故事的自由，想說什麼就說什麼，他們會有一段時間把具攻擊性的「髒話」掛在嘴邊，而且非常執著。下一章我要談的，是雷久・艾密里亞市黛安娜幼稚園裡一個五歲小孩說給他的老師朱莉亞・諾塔利聽的故事。

34.
小皮耶羅和黏土

有一次小皮耶羅在玩黏土的時候，有一名神父經過，問他：「你在做什麼？」「做一個跟你一樣的神父。」

又有一名牛仔經過，問他：「你在做什麼？」「做一個跟你一樣的牛仔。」

還有一名印地安人經過，問他：「你在做什麼？」「做一個跟你一樣的印地安人。」

後來有一個好魔鬼經過，卻因為小皮耶羅朝他丟大便而變成壞魔鬼。魔鬼因為一身髒屎忍不住哭了，結果他又變成了好魔鬼。

在這個很棒的故事裡，排泄物很明顯發揮了解放功能，而故事情境讓小朋友可以充分表達自己，無所顧忌，於是他便利用這份自由完成他的目的：摒除認識自己身體功能後產生的罪惡感。就家庭文化模式而言，小朋友說了「不該說的話」，那些話「不好聽」、「不該說」，而他既然能夠說出口，代表拒絕被制約，用笑顛覆了罪惡感。

藉由此舉，啟動了大規模的自我解放，從所有恐懼中自我解

放。說故事的小朋友把他的敵手、所有讓他感覺罪惡或受到威脅的一切擬人化，然後對他們一一發動攻擊，以羞辱他們爲樂。

值得注意的是，這個操作並非完全一致。剛開始處理魔鬼的態度還算謹愼，說他是「好魔鬼」。但是意在言外。隱藏在阿諛奉承形容詞背後的驅魔企圖，因爲小皮耶羅的動作而暴露：爲了制服魔鬼，小皮耶羅朝他身上丟「大便」。「大便」是「聖水」的反面，但是我們不都說夢裡發生的事跟現實是相反的嗎？（佛洛伊德也贊同這個說法。）

魔鬼拿掉了令人安心的善良面具，變回他原本的樣子：壞魔鬼。但是既然可以蔑視他的壞，而且嘲笑他，也就等於承認他是善良的，更何況他全身都被弄髒了，而且是「被大便弄髒」。

讓小朋友占上風的「因優越感而笑」，同時也讓魔鬼扳回一城：既然他不再令人害怕，自然可以重新變回「好魔鬼」，不過是提線戲偶版的魔鬼。被丟擲排泄物的魔鬼是眞魔鬼，現在的魔鬼縮小了，變成了玩具。那麼是不是可以原諒「說髒話」……或因爲「說髒話」而被原諒呢？依然有不安陰影殘留，或內在制約反撲，這則故事並不足以顚覆一切……

沿用上一章的論述做出這番解讀，無法給予這個故事完整解釋。既然我們都已經談到這裡了，不如繼續下去。

說到文學創作，羅曼·雅各布森有此觀察：「詩的功能是把對等原則從（語言的）選擇軸投射到組合軸」。舉例來說，韻腳可以發現語音的對等關係，並且把這個對等關係強加於論述上，也就是語音先於語義。我們已經看過，小孩編故事常是如此。不

過在〈小皮耶羅和黏土〉這個故事裡，我們看到在「語言選擇軸」之前，先投射的是個人經驗，準確來說，就是黏土遊戲，以及孩子如何玩黏土遊戲。這個故事是「獨白」形式，只有小朋友一個人在用黏土捏人像。這是**形式**，不是**表達**：在遊戲裡，黏土是形式，先於話語。但是在故事裡，話語是表達。

簡而言之，在故事裡，語言完全發揮了象徵功能，不需要黏土遊戲從實質面向給予支援。故事跟現實之間的關係是不是不如真正的遊戲那般多元豐富？我們是不是應該認為遊戲更具有實際的教育意義，其本質是介於遊戲和工作之間，而故事則是一種語言的天馬行空，更接近娛樂形式？我覺得不是。我反而覺得故事才能進一步掌握真實，跟物質的關係更自由。故事超越了遊戲，給我們機會省思。故事原本就是一種經驗的理性化形式：抽象化的起點。

在黏土（成分包括黏土和白堊土）遊戲中，小皮耶羅只有一個對手，那就是他工作用的材料。在故事中，他的對手有很多個，必須用話語形塑，那是黏土辦不到的……

我們看到故事裡用黏土捏出了小男孩人生經驗中的其他參涉對象，有真實世界裡的人物，也有童話故事裡的人物。根據法國兒童心理學家亨利·瓦隆的「思維雙軌結構」說法（以及我們的「想像力二元相生」原則），這些元素兩兩一組出現在我們面前。「黏土」對上「大便」，兩者之間的相似出於偶然，但顯然小男孩在遊戲中已經發現，並且做過實驗，包括形式和顏色等等（不知道小皮耶羅用黏土製作了多少「大便」）。「牛仔」跟「印地安人」是對照組。「神父」跟「魔鬼」是對照組。

故事裡魔鬼雖然沒有立刻出現，但是他遲到是有意義的。或許小男孩是在神父出現的那一刻，或在神父出現之後，便決定要把魔鬼留到後面，好製造故事結尾的效果……但是他很可能剛開始其實是拒絕魔鬼出現的，讓故事裡只保留威脅性較低的牛仔和印地安人。他的擔憂破壞了故事原先設定的「神父／魔鬼」組合……但是後來小朋友不得不面對他畏懼的意象，於是他找到一種方式把魔鬼放進來，讓他得以掌控，甚至進一步蔑視魔鬼。

但是也不能排除另外一個可能（從語言選擇軸角度出發），是「印地安人」（indiano）的 dia 在關鍵時刻推了一把，讓人聯想到「魔鬼」（diavolo），才促成了神父和魔鬼這個對照組。

我們還看到魔鬼一分為二：「好魔鬼」跟「壞魔鬼」。就表達層次而言，與惡魔一分為二同時發生的是，第一次出現的「大便」（cacca），再度出現時變成了「屎」（merda），也就是說從兒童用語蛻變為成人用語，變得更「大膽」，也見證了小朋友的安全感持續增強，讓想像力主導了他的故事。孩子一旦享有表達的自由，他對自己也會越來越有信心。

這個獨特小男孩的成長，說不定跟他的音樂性格也有關，從他架構故事時選擇的詞彙或許可以窺見一二。

例如他很執著於 p 這個字母（甚或可以說他很執著於「P 大調」）：「小皮耶羅」（Pierino）、「黏土」（pongo）、「經過」（passa）、「神父」（prete）。為什麼會偏好 p？會不會是因為「爸爸」（papà）這個詞彙一直浮現，又一直被他拒絕？任何事都有其意義。也很可能是耳朵堅持要押「頭韻」，就像一個很簡單的

音樂主題，而在這個故事裡正是因為有 p，所以才讓「神父」率先「經過」。總而言之，先有音，才有人物，寫詩有時候也是如此（你們再看一遍，就會發現我被 p 整得胡說八道……）。[1]

「好惡魔」這個說法也得加以解釋，雖然心理學家可能覺得不需要。我認為這個說法並非這孩子所獨創，而是受到他熟悉的某個論述影響，或想起坊間會把好脾氣、低調、無法為非作歹的人譬喻為「好惡魔」（buon diavolo）的緣故。說不定小朋友在家裡聽過這個說法，記在心裡，但是想要進一步加以詮釋的時候卻覺得茫然猶疑（「如果魔鬼是壞的，怎麼有辦法變好？」）。這個茫然和歧異也給養了詩的創作過程，不分大人或小孩。小小說故事人接收了這個譬喻，但是把順序倒轉：「好魔鬼，魔鬼是好的」（buon diavolo , diavolo buono）。跟音韻思維相同的模式再度出現，一路發展下去……

談到結構，這個故事可以分成兩大部分，每一部分的節律都是三句一組：

第一部分

1) 神父

2) 牛仔

3) 印地安人

1　這段文字的義大利文原文中也有很多 p 開頭的字，如：為什麼（perché）、偏好（predilezione）、詞彙（parola）、可能（può）、正是（proprio）、率先（per primo）、詩〔的〕（poetiche）……

第二部分

1) 好魔鬼
2) 壞魔鬼
3) 好魔鬼

再進一步分析第一部分的「旋律」，其實很簡單，依據 A－B 規則重複三次：

A　你在做什麼？

B　做一個跟你一樣的神父

A　你在做什麼？

B　做一個跟你一樣的牛仔

A　你在做什麼？

B　做一個跟你一樣的印地安人

第二部分節奏比較快，也比較有起伏變化，交鋒的不再是言語，而是小皮耶羅和路人（魔鬼）的肉身對決。

一開始是「小行板」，之後是「急板」。顯然是出於本能的一種節奏感主導了這個安排。

我聽過有人對這個故事提出質疑，認為小男主角遇到魔鬼之後，黏土就不見了，讓故事缺乏邏輯，也少了大家都期待的溫馨和解大結局。雖然不是必要，但基於謹慎，我想對此做個澄清。

這個說法不正確。「黏土」和「大便」是同一個東西。小朋

友原本可以事後解釋說小皮耶羅是朝魔鬼丟黏土，雖然看起來很像大便，而魔鬼因爲無知，也以爲那是大便。但是這麼做未免太八股。

小朋友之所以把兩個意象合而爲一，是因爲他的想像力順應我們之前提到的「夢的凝結」法則而爲。所以這一點不攻自破。想像邏輯完全沒問題。

從分析可以看出，這個故事汲取了不同養分：詞彙、詞彙的音、詞彙的意義、詞彙間的即興結合、個人記憶、深層情感爆發和制約的壓力。所有這一切在表達上互相配合，讓孩子得到極大的滿足。想像力是他的工具，而孩子的人格特質也是創作的關鍵。

可惜的是，在看兒童作文時，學校都把注意力放在拼寫／文法／句法正確與否，連「語言學」層次都稱不上，更不用說對內容的複雜世界進行探索。問題出在學校看孩子的作文只是爲了打分數、評斷優劣，不是爲了理解。一味追求「正確」的結果，是留下了糟粕還大力讚揚，卻讓金子溜走……

35.
令人發噱的故事

　　小朋友看到媽媽把湯匙送到耳朵而不是嘴巴裡會笑的原因是，「媽媽錯了」：媽媽是大人，居然還不知道應該怎麼用湯匙。這種「因優越感而笑」（參見《孩子的喜感》〔*Il senso del comico nel fanciullo*〕，作者拉‧波塔〔Raffaele La Porta〕）是小朋友最早發出的一種笑。至於媽媽是不是故意的，一點都不重要，反正她做錯了。如果媽媽重複二到三次同樣動作，但是把湯匙送到耳朵邊的方式做些許改變，那麼「因優越感而笑」會再「因詫異而笑」得到加乘。編寫電影裡「插科打諢」橋段的人對這些簡單機制顯然不陌生。心理學家關注的則是「因優越感而笑」也是一種認知工具，關鍵在於湯匙的**正確使用**和**錯誤使用**兩者的對照。

　　編寫喜劇故事最簡單的方法就是利用錯誤。最早的喜劇故事主要仰賴動作，而非言語。爸爸把鞋穿在手上，把襪子套在頭上，用榔頭舀湯喝等等。如果義大利文人賈科莫‧萊奧帕爾迪的父親莫納多‧萊奧帕爾迪曾經在兒子小時候，在他出生的那個鄉下小鎮，把自己打扮成小丑逗他開心，說不定長大後的詩人會把父親寫入詩中。結果我們等到另一位詩人卡米洛‧斯巴爾巴洛（Camillo Sbarbaro）出現，才得以在詩裡見到一位有血有肉的父親……

　　年幼的賈科莫‧萊奧帕爾迪坐在娃娃椅上吃飯。門打開，他的伯爵父親走進來，打扮成農民，吹著短直笛，踏著輕快的舞步……哎呀，哎呀，這位伯爵父親，你完全搞錯了……

　　從錯誤的動作出發說故事，錯誤的動作自然會給故事提供用之不竭的「不按牌理出牌的人物」。

　　有一個人找鞋匠為自己的手做一雙鞋。那個人是用手走路的。他吃飯用腳，彈簧風琴也用腳。他是一個顛倒的人，講話也顛倒。把麵包說成水，把檸檬喉糖說成甘油栓劑。

　　有一隻狗不會叫，牠想或許可以找貓來教自己，結果貓教牠喵喵叫。於是牠又去找母牛，結果學會了哞哞叫！

　　有一匹馬想學會用打字機打字。牠用馬蹄弄壞了十多個打字機。最後大家為了牠製造了一個跟房子一樣大的打字機，牠在鍵盤上一邊奔跑一邊打字。

　　關於「因優越感而笑」要特別注意一件事。如果不留意，這種笑很可能會跟保守、缺乏厚度、帶有惡意的人云亦云掛鉤。這種笑是某種反動的「喜感」之源，我們取笑新穎與不尋常，取笑想跟鳥一樣在空中飛翔的人，取笑想從政的女人，取笑跟其他人想法不同、跟其他人說話不同的人，因為那違背了傳統和規章……要讓笑容發揮正面功能，必須殲滅老舊理念、畏懼改變、偏執規

範。我們故事中那些不隨波逐流的「不按牌理出牌的人物」必須成功。他們的「不服從」天性或態度，應該要得到獎賞。這個世界全賴這些不服從的人帶領前進！

有很多「不按牌理出牌的人物」取的名字很好笑。「陶鍋先生住在一個叫鐵鍋的小鎮上」：陶鍋先生彷彿是身處在一群戒律森嚴的熙篤會修士間的異類，看似平凡無奇的名字被放大後，投射到比名字本身更崇高的層次，光是他的名字就足以帶動整個故事。有一個知足為樂的人名叫「呸雷呸」，取這個名字肯定比叫小卡洛好笑。至少剛開始是如此，之後的發展有待觀察。

因詭異而產生的喜劇效果，可能來自用隱喻語彙建構的生動教育。蘇聯形式主義先驅維克托·什克洛夫斯基注意到《十日談》某些情欲故事其實是從眾所周知的隱喻發展成性的故事（如：〈送惡魔入地獄〉、〈夜鶯〉等）。我們現今使用的語彙中有許多跟舊皮鞋一樣過度耗損的隱喻。在義大利，如果要說時鐘很精準，「分秒不差」，會說這個時鐘準到能「劈開每一分鐘」（spacca il minuto），這個說法完全沒有驚喜可言，因為我們已經用過或聽人家說過上百次。

對小朋友而言，這個說法卻是新的，因為「劈開」意味真的「劈成小片」，就跟劈柴一樣……

很久很久以前有一個時鐘可以劈開每一分鐘。它還能劈柴、劈石頭。無所不能……

（這個無厘頭故事竟然變成了跟時間有關的寓言故事，當真「無所不能」，但是純屬巧合。）

我們如果走路不小心踢到石頭，會痛得「眼冒金星」，這是口語用法，跟天文學無關。這個說法也可以做十分有趣的延伸。

很久很久以前有一個國王很喜歡看星星。他實在太喜歡星星，恨不得白天也能看見，該怎麼辦呢？宮廷御醫推薦他使用榔頭。國王用榔頭敲自己的腳，果然在豔陽天也能夠「眼冒金星」，不過這個做法他不是很滿意。決定讓宮廷觀星師拿榔頭敲腳，再跟國王描述他所見到的星星：「啊！……我看到一顆綠色的彗星，拖著紫色的尾巴……啊！我看到九顆星星，跟朝聖三賢王一樣，三個一組……」後來觀星師跑了，逃去一個遙遠的國度。國王或許受到義大利魔幻寫實詩人馬西默・博恩特培利（Massimo Bontempelli）的啟發，決定追隨星星的移動軌跡，於是他每天都環繞地球一周，晝伏夜出，觀看滿天星斗。他把整個宮廷都搬到一架噴射客機上……

日常生活用語及各種詞彙都充滿隱喻，等待有心人從字面切入，發展出新的故事。更何況小朋友本來就能聽出很多普通詞彙內含的原始隱喻。

喜感故事的生產機制之一，是把一個小人物放進對他來說難以掌控的情境裡（或是反過來，把一個了不起的人物放進平庸的

場景裡）。幾乎所有創作過程都會有這個環節，如果善加利用「詫異」和「偏離常軌」的元素，就會產生喜感。

讓會說話的鱷魚去參加電視猜謎節目，就是一個案例。另外一個大家耳熟能詳的案例是，一匹馬走進酒吧裡點了一杯啤酒（後來這個故事走向有所調整，變得更複雜：吧檯調酒師看到馬喝完酒，把啤酒杯吃了，卻把「最好吃的」酒杯把手扔掉，感到非常詫異。這個改編增添了更微妙的荒謬感，我就不多說了）。我們來做個練習，把馬換成母雞，把酒吧換成肉鋪……

　　一天早晨，一隻小母雞走進肉鋪，不顧大家都在排隊，開口就說要買聖彼得堡的小羊肉。其他顧客氣壞了：真是沒教養，簡直沒救了，這樣下去我們該怎麼辦喔……可是肉鋪夥計立刻上前為小母雞服務。短短幾秒鐘的時間，他幫她秤完小羊肉，已經愛上她了。咯咯咯向她求婚，要娶她為妻。之後舉行婚禮，婚禮上小母雞離席了一會兒，生下她跟丈夫的愛的結晶，一顆新鮮雞蛋……

（這個故事沒有歧視女性，如果說得精彩，恰好相反。）

小朋友早就摩拳擦掌準備好好利用這個機制。他們通常會把他們不得不接受的不同類別的威權「去聖化」：讓老師落入食人族手中，或被關進動物園獸欄裡，或困在雞棚裡。如果老師夠聰明，就能享受其中樂趣；如果老師不夠聰明，算他倒楣，只能在那惱羞成怒，下場是處境更加艱難。

　　全面以暴力顛覆常規是小朋友很喜歡的做法，也很容易做到。例如，小皮耶羅（類似故事我已經說過，之前的主角是雙胞胎馬可和米可）不怕鬼，也不怕吸血鬼，反而會欺負他們，把他們塞進垃圾桶裡⋯⋯

　　這個故事裡是透過「有攻擊性的笑」來驅趕恐懼，這個做法跟默片裡把蛋糕砸到臉上有異曲同工之妙。除此之外，小朋友也很樂於看到「冷血的笑」，不過這種笑有其風險（孩子很可能因為虐待小貓、見人肢體殘障，或是拔斷蒼蠅頭等等而笑）。

　　專家解釋說，看到人摔跤會想笑是因為那個人違反了人類行為常規，像保齡球瓶一樣倒地。我們如果從這個觀察做字面衍生，就會得出一個「物化」機制：

a) 羅貝托叔叔的工作是當吊衣架。他待在一間豪華餐廳的衣帽間裡，張開雙臂，客人會把脫下來的外套和帽子掛在他的手臂上，把雨傘和拐杖塞進他的口袋裡。

b) 達可貝托先生的工作是當筆記小桌。他老闆巡視工廠的時候，他就跟在身旁。如果老闆要記筆記，達可貝托先生便彎下腰來，好讓老闆寫字⋯⋯

　　原本冷血的笑會漸漸轉換為不安的笑。情境固然有喜感，但是不公平。在笑的同時，內心亦感到悲傷。再往下說，就得探討義大利戲劇大師皮藍德婁（Luigi Pirandello）對幽默的看法及相關

面向。所以我們談到這裡就好，不然事情太複雜。

36.
故事裡的數學題

　　安徒生的知名童話《醜小鴨》敘述一隻天鵝不小心混入鴨子群的故事，如果改用數學模式陳述，就會是「元素 A 因誤加入元素 B 集合，無法被該集合包含，最後還是返回與其性質相同的元素 A 集合中……」。

　　至於安徒生為什麼沒想到可以用「集合」概念去說故事，並不重要。說不定安徒生根本沒意識到自己應用的是瑞典生物學家林奈（Carl von Linné）建立的生物分類系統（雖然這套系統他不可能不知道），不過這也沒關係。顯然安徒生腦袋裡想的是另一件事：他自己的一生，正是從醜小鴨變成丹麥天鵝的故事。既然腦袋只有一個，就不可能自外於頭腦有目的性的運轉和活動。安徒生不知道的是，這個故事也是一種邏輯練習。要在想像力邏輯運作和單純邏輯運作之間劃出清楚界線，其實並不容易。

　　因此聆聽或閱讀《醜小鴨》的小朋友心情從捨不得轉換為振奮，因為他們發現醜小鴨的未來勝利在望，完全沒意識到這個故事在他們心裡留下了一個邏輯結構的種子，等待日後發芽。事情到此還沒完。

　　現在的問題是：有沒有可能逆向操作，從如何演繹童話故事

的論證出發，利用邏輯結構來激發想像力？我認為有可能。

我如果跟小朋友說有一隻迷路小雞找媽媽的故事，說牠一開始誤以為一隻貓是牠的媽媽（「媽媽！」「喵，滾開，不然我就把你吃掉！」），之後又誤認一頭母牛、一輛腳踏車和一輛拖拉機當媽媽，最後牠遇到一隻到處找牠的母雞，因為太過焦慮對牠發了好大一頓脾氣（被罵的小雞倒是很開心），我立刻再度連結到他們最基本的深層需求，也就是確保無時無刻都能找到媽媽，我讓小朋友在安心放鬆之前，重新體會曾經害怕或時常害怕失去父母的緊繃情緒。故事雖然觸動了某些笑的機制，但同時我也啓動了他們腦袋裡製造認知工具的基本流程。

小朋友在聽故事的時候，會開始做分類，建構可能的集合，把不可能的動物或物件集合排除。在他們聽起來，想像和論證是一起的，我們沒辦法預先知道當故事結束，留下來揮之不去的是情緒，或是面對現實的態度。

以同樣概念，另外一個應該說給小朋友聽的故事，我稱之為**「我是誰」遊戲**。

小朋友問媽媽：「我是誰？」媽媽回答：「你是我兒子。」同樣的問題，不同人會給予不同答案：爺爺會說「你是我孫子」，哥哥會說「你是我弟弟」，交通警察會說「你是行人」或「你是自行車手」，朋友會說「你是我朋友」……了解自己屬於哪一個集合，對小朋友而言是很刺激的冒險之旅。他發現自己是兒子、孫子、弟弟、朋友、行人、自行車手、讀者、學生、足球球員，也就是說，他會發現自己跟這個世界的多元關係。他完成的是一

項基礎邏輯運作,情緒則是助力。

我知道有些學校老師擅長創作故事,也善於協助小朋友編造故事,他們把「邏輯積木」,也就是認識集合概念用的棋子和籌碼、教算術用的方塊與算術盤等教具全部擬人化,賦予它們想像的角色。這並不是「換一種方式」表示集合,跟頭幾堂課動手操作積木的學習模式沒有不同。模式和普通的教學相同,只是意義更豐富。如此一來我們不僅發現小朋友有「用手理解」的能力,而且還有「用想像力理解」的能力,兩者同等珍貴。

所以說藍色三角形在紅色四邊形、黃色三角形和綠色圓形之間找家的故事,基本上是經過再創作,並用一點情緒增添個人色彩的新版《醜小鴨》。

讓小朋友的腦袋理解「a 加 b 等於 b 加 a」比較困難。六歲以前的孩子不是人人能懂。

佩魯賈小學的教務主任賈科莫‧桑圖奇(Giacomo Santucci)習慣性會在第一堂課堂上問小朋友這樣的問題,比如他會問小男孩:「你有哥哥嗎?」「有。」「你哥哥有弟弟嗎?」「沒有。」十次有九次都能聽到小朋友這樣直截了當、理直氣壯地回答。或許這些小朋友聽過的魔法故事還不夠多,不知道仙女揮兩下魔法棒、魔法師念幾句咒語,就能輕鬆完成某些操作,以及反向操作:把人變成老鼠,再把老鼠變回人。

這個類型的故事也(我們還是加上「也」吧,以免造成誤會)可以幫助大腦生產逆向思考工具。

一個不知道從哪裡來的倒楣鬼進城,他想去主教堂廣場,得

先搭三號電車，然後轉一號電車，結果他爲了省車票錢決定去搭四號電車（因爲三加一等於四），這個故事可以幫助小朋友學會正確的加法和錯誤的加法。不過最重要的是，這個故事讓他們覺得好玩。

義大利作家勞烏拉·孔蒂（Laura Conti）在《家長日報》上寫道，她小時候腦海裡一直有這樣一個想像畫面：「在一個小花園裡有一間大別墅，在大別墅裡有一個小房間，在那個小房間裡有一個大花園……」這個玩「大」、「小」關係的遊戲是她對於「相對關係」的初體驗。我認爲說這種類型的故事很有用，主角是各種對照關係，例如「大／小」、「高／矮」、「胖／瘦」等等。

很久很久以前，有一隻小河馬，還有一隻巨大的蒼蠅。大蒼蠅常取笑小河馬，因爲牠真的很小一隻……（故事最後發現小河馬再怎麼小，也永遠比大蒼蠅大）。

可以想像一下「越來越小的小人國」或「越來越大的大人國」之旅。故事裡永遠有比小人更小的人出現，也永遠有比因爲太胖而灰心喪志的胖太太更胖的胖太太出現……（這是童書作家兼插畫家阿戈斯提內莉〔Enrica Agostinelli〕的故事）。

再舉一個例子，好說明「少」跟「多」之間的相對關係：

有一位先生擁有三十輛汽車。大家都說：「啊，他的車真多！」那位先生頭上有三十根頭髮。大家都說：「啊，

他頭髮真少……」最後他不得不買了一頂假髮。

測量是進行每一項科學活動的基礎。有一個兒童遊戲應該是某位偉大的數學家發明的：步伐遊戲。負責指揮的小朋友命令他的玩伴每一次只能走「獅子的三步」、「螞蟻的一步」、「蝦子的一步」、「大象的三步」等等。遊戲空間不斷被測量再測量，因為想像的測量單位不同而重新被創造再創造。

這個遊戲可以啓發各種有趣的數學練習，發現「教室是幾隻鞋子長」、「小卡洛是幾根湯匙高」、「從桌子到壁爐是幾個開酒器的距離」等等。從遊戲出發到故事成形的距離很短。

早上九點鐘，一個小男孩測量了學校操場上松樹的影子，長三十隻鞋子。第二個小男孩很好奇，十一點的時候也跑到操場上測量，發現松樹影子的長度只有十隻鞋子。兩個小男孩爭論、吵架，決定下午兩點的時候再一起去量一次，結果發現了第三個尺寸。我覺得「松樹影子的祕密」會是很好的故事標題，而且這個故事可以一邊體驗一邊說。

創作以數學為內容的故事，「操作」技巧跟我之前說過其他故事的發想技巧並無不同。如果故事人物叫「高先生」，他的姓名就說明了他的命運、個性、奇遇和不幸。只需要分析他的姓名，就能讓故事發展演繹。他可以代表這個世界上的測量單位之一，也可以代表一個與眾不同的視角，有優點也有缺點：他能看得比

其他人遠，但是他也常常撞得七零八落、支離破碎，得有耐心慢慢把自己拼起來……他可以跟其他玩具或其他人物一樣充當某個象徵圖騰。他有可能為了取得其他意義，半路丟掉他原本的數學意涵，那麼我們得讓想像力自由自在地跟著他，去到他想去的地方，不要把他困在意志和理智的框架裡。這個故事要成功，必須時時刻刻竭心盡力為它服務，堅信忠心不二自會得到百倍回饋，誠如福音書勸服人要心中有天國，信了就能得救。

37.
聽童話故事的孩子

　　想要了解媽媽讀童話故事或講故事給三四歲小朋友聽的經驗，我們能掌握的例證不多，只得同樣借助想像力。但我們如果從童話故事本身及其內容切入就錯了。小朋友聽故事主要感受到的，未必直接與故事有關。

　　首先，對小朋友而言，童話故事是讓大人陪伴自己的最佳工具。媽媽永遠很忙碌，爸爸出現、消失的頻率成謎，反而導致孩子內心不安。大人很少有時間按照小朋友希望的那樣，全心全意地投入參與，專心致志地陪他玩。但是說童話故事的時候不一樣，只要故事沒說完，媽媽就得陪在身旁，專屬於小朋友，那是長時間且令人安心的陪伴，可以提供保護和安全感。所以當小朋友聽完第一個故事，要求再聽第二個故事的時候，未必代表他真的對聽故事感興趣，或對故事裡發生的事情感興趣，或許他只是不希望那個令人愉悅的聽故事情境結束，想要媽媽繼續待在床邊，或坐在沙發椅上，舒舒服服的，這樣媽媽就不會急著離開……

　　當童話故事如溪水緩緩流過兩人之間，小朋友終於可以放鬆地享受媽媽的陪伴，觀察媽媽臉上所有細節，研究她的眼睛、嘴巴、皮膚……孩子看起來在聽故事，其實很可能心不在焉，如果

他已經知道故事內容（說不定是他故意要求重複說同一個故事），那麼只需要注意故事是否正常發展就好，大可以把全副心力都放在研究媽媽或研究大人身上，那是他難得能夠如願長時間做到的事。

媽媽的聲音告訴他的不只是小紅帽或小拇指的故事，還告訴他關於她自己的種種。符號學家很可能會說，在這個情況下，孩子感興趣的不只是**內容**和**形式**，還包括**表達的形式**，以及**表達的本質**，亦即母親的聲音、細微變化、音量、起伏，婉轉間她表達了母愛，紓解了焦慮不安，讓恐懼的幽靈消散。

同一時間，或隨後，小朋友開始接觸母語，母語的詞彙、形式和結構。我們永遠不會知道聽童話故事的孩子在哪一刻進入狀況，開始吸收談話中詞跟詞之間的關係、口頭用語和前置詞的用法，但我認為童話故事的確提供孩子大量的語言資訊。他想要理解童話，必須理解童話中的詞彙，確認詞彙間的相似性，進行演繹，擴大或縮小、明確指出或修正「能指」[1]的範圍、同義詞的定義和形容詞的影響範圍。「解碼」跟其他語言活動元素一樣，都有決定性作用，不是額外附帶的。我之所以用「活動」這個詞，是為了強調孩子會不斷從童話故事、情境及所有可能的真實事件做篩選，擷取他感興趣的和有用的。

童話故事對孩子還有什麼其他用處？建立心理結構，提出「我

1　「能指」（義文：significante；法文：signifiant；英文：signifier），又譯「意符」、「符徵」，在符號學與語言學中指的是代表意涵的符號，可能是詞語、語音或圖像等等。「能指」承載的意義與內涵稱作「所指」或「意指」、「符旨」（義文：significato；法文：signifié；英文：signified）。

／其他人」、「我／物」、「實物／虛構物」之間的關係，還可以用來理解空間的距離（「遠／近」）、時間的距離（「有一次／現在」、「之前／之後」、「昨天／今天／明天」）。童話故事中的「很久很久以前」跟歷史的「很久以前」並無不同，即便童話現實（小朋友很快就會發現）跟孩子生活的現實世界並不相同。

　　我記得一個三歲的小女生跟我這麼說：「然後呢，我要做什麼？」

「你要去上學。」

「然後呢？」

「然後換一個學校，學更多東西。」

「再然後呢？」

「你會長大、結婚……」

「喔，我才不要……」

「為什麼？」

「因為我又不住在童話裡，我這個世界裡一切都是真的。」

「結婚」對她而言是童話用語，代表大結局，是公主和王子們的結局，那個世界不屬於她。

　　由此角度觀之，童話故事是一種有益無害的成年禮，誠如卡爾維諾在《義大利童話》（*Fiabe italiane*）前言中所說，是從人類命運的世界進入故事世界的成年禮。

　　有人說過，童話故事提供豐富多樣的人物性格和人類命運，

孩子可以從中找到他還不認識的現實世界，以及他還沒有任何想法的未來世界，此話不假。也有人說，童話反映了過時的古代文化模式，跟孩子成長過程中的社會及科技現實形成對比，此話也不假。不過如果有人認為童話故事為小朋友另外建構了一個世界、一個小劇場，用厚重的布幔將他們和真實世界隔開，肯定會遭到質疑。童話故事不是模仿的產物，而是沉思的對象。沉思發揮作用，會促使聽眾聆聽與他們切身利益有關的，而非童話故事內容。更何況，當孩子進入幼兒的現實階段，歷經唯內容論時期，童話故事對他就不再有吸引力，因為童話故事不再是提供他運思[2]所需素材的「形式」來源。

　　感覺上，孩子是在童話故事的結構裡思索自己想像力的結構，進而不斷生產該結構，並建構認知與掌控現實不可或缺的工具。

　　聆聽是一種訓練。童話故事對孩子而言，跟遊戲一樣必須嚴肅以對，而且具有真實性，可以用來鍛鍊自己、認識自己、克制自己。舉例來說，克制自己不再畏懼。有人說童話故事裡的「恐怖」元素如怪物、駭人的女巫、鮮血、死亡（小拇指砍下食人魔七個女兒的腦袋瓜），會對小朋友造成負面影響，我不認為這個說法令人信服，要看孩子遇到的情境是什麼。如果是媽媽的聲音在扮演大野狼，環境是他熟稔、安心的家裡，小朋友有可能無所畏懼迎面而戰。他也有可能玩「我好害怕」遊戲（這個遊戲有助於建構防衛機制），只要爸爸站出來，或是媽媽的拖鞋，就可以把大

2　運思（operation）指兒童能夠運用心智做合理思考，借助語文符號從事抽象思考、處理各類問題的能力。

野狼趕跑。

「你如果在，會把牠趕跑，對吧？」
「當然，會讓牠落荒而逃。」

　　如果小朋友覺得焦慮恐懼，而且無法捍衛自己，很可能在故事裡的大野狼出現之前，他已經心存恐懼，恐懼深植在他充滿矛盾的內心深處。大野狼是**症狀**，透露出他心中恐懼，但並不是造成他恐懼的**原因**……

　　如果說小拇指跟哥哥們被丟在森林裡這個故事的人是媽媽，小朋友不會擔心自己有同樣遭遇，可以把注意力全部放在那個小小英雄身上，看他如何機智自救。如果媽媽不在小朋友身邊，父母親都不在身邊，說故事的是另外一個人，那麼這個故事有可能會讓小朋友害怕，但那是因為他處在「被拋棄」的情境中。如果媽媽不回來呢？這有可能是他突然感到恐懼的原因，投射到「聆聽軸」上的是他潛意識裡的恐慌陰影和曾經有過的孤單經驗：小朋友半夜突然醒過來，他叫人，喊了又喊，沒有人理他。「解碼」這件事並沒有以通例常見的形式發生，但就此個案而言，小朋友確實以極私密的個人方式「解碼」了。我們談「典型聽眾」時，其實只能從廣義的角度談，因為實際上聽眾是人人不同的。

38.
看漫畫書的孩子

如果有「聆聽軸」，那應該也有「閱讀軸」。觀察或想像某個看漫畫書的孩子的心理運作，做進一步探索，應該會有有趣發現。

這個小男孩大約六七歲，已經過了讓爸爸讀漫畫書給他聽，或是靠想像力、用只有他知道的線索提示去詮釋那一格格漫畫的階段。現在他已經識字。他真正第一次自動自發、下定決心去看書，就是看漫畫書。他之所以想看，是因為他想知道發生了什麼事，不是因為有人交代他必須完成這件事。他是為自己看書，不是為別人（老師），也不是為了面子（成績）。

首先，他必須辨別及認識出現在後續不同情境中的各個人物，確認他們在不同姿勢、不同表情下的身分，有時候還會有不同顏色，小男孩會自行詮釋顏色的意義：紅色是憤怒，黃色是恐懼……不過「心理色彩」密碼並非一次底定，漫畫家很可能每次都有新想法，得重新發現，重新建立密碼。

每個人物都得有聲音。每一個對話框的箭頭必須清楚指向發聲源：指向嘴巴，表示人物在說話；指向頭，表示人物在思考（懂得辨別說出口的發言和在腦袋裡的發言，才能正確讀取某些訊息）。

當書中人物進行對話的時候，孩子要能知道哪一句話是誰說的，還得知道發言的前後順序（漫畫書裡的時間跟文字不同，不一定都是從左向右）；是不是同時發言；是不是一個人在講話，另一個人在思考；是不是一個人想的是這件事，而另一個人說的卻是另一件事等等。

同時小朋友還得認識並分辨場景，室內景和戶外景，記下這些場景的變化，以及場景對人物的影響，注意某些細節是否提前預告了某個人物如果做某件事，或是去某個地方，就有可能發生什麼事，而那個人物並不知道，因為他不像認真的讀者是全知的。漫畫裡的場景幾乎不會純然是為了美化，肯定有其敘事功能，屬於敘事結構。

填補一格漫畫和另一格漫畫之間的空白時，需要想像力的積極介入（非常積極）。看電影或看電視的時候，影像是連續的，詳細描述行動如何進行。漫畫書的行動可以從這一格開始，下一格就結束，中間過程全部省略。第一格漫畫中充滿自信騎在馬背上的人物，在下一格摔倒在地滿身塵土，而摔馬這件事全靠想像。從某個動作能看見最後結果，但是沒有過程。每一個人物的狀態改變，必須想像他們如何從原先的姿勢進展成新姿勢，而這個工作是交由讀者的心理來完成。如果說電影是寫作，那麼漫畫就是速記，必須由此回溯文本。

而且讀者不能忽略對話框內的聲音效果，捕捉細微差異（「嗖」不是「咻」），並找出緣由。劇情平淡的漫畫書用來表達聲響的文字比較貧乏粗糙，搞笑漫畫或劇情細膩的漫畫書多會

在常用的聲響詞彙外，另外發明新詞，需要讀者進一步解讀。

　　整個漫畫故事的推進要靠想像重建，把圖片說明、指示文字、對話、音效，加上圖及顏色，在心裡結合成一條不斷延伸的主軸和許多斷斷續續的支線，那就是劇本，但是有一大段一大段是看不出劇情的，必須靠讀者給予意義，包括未被描述但表現在行動上的人物性格，根據行為和相關發展形塑的人物關係，以及跳躍式片斷呈現的行動本身。

　　對一個六七歲的小朋友來說，我認為這個工作並不輕鬆，需要大量的邏輯運作和想像力運作，與我們並未討論的漫畫書的價值和內容無關。他的想像力不是被動參與，而是被要求站出來表態、分析、統合、分類並做決定。沒有天馬行空的空間，心智被迫高度專注，想像力被召喚來發揮最高效能。

　　我想另外一提，就某個程度而言，小朋友對漫畫書的主要興趣不在於書的內容，而是直接取決於漫畫書的形式及表達本身。簡單來說，他想要掌控這個媒介。**他看漫畫書是為了學會看漫畫書**，為了了解漫畫書的規則和傳統手法。他享受自己的想像力運作多過於書中人物的各種冒險犯難。他玩耍的對象是自己的心智，而不是故事。事情未必都能做如此清楚的劃分，但是劃分有其必要，如果做此劃分能幫助我們不再低估孩子，低估他對所有事物發自內心的嚴肅以對和道德責任感。

　　關於漫畫書的好或壞，該說的都有人說過了，我就不再贅言。

39.
塞岡先生的羊

　　有一次，義大利教育學家馬力歐·洛帝（Mario Lodi）任教的維歐鎮（Vho）小學課堂上，小朋友讀到一篇故事：塞岡先生的羊不想再被主人用繩子拴住，逃到山上去，結果遇到一匹狼，雖然牠奮勇抵抗，但最後還是被狼吃掉了。我手邊還保留了早年某一期的《集合報》（Insieme），那是當時這群維歐小學學生自己辦的班報，年復一年，等編輯完成後便寄給他們的朋友。我存檔的那一期記錄了大家讀完〈塞岡先生的羊〉（La chèvre de monsieur Seguin）故事後所做的討論：

　　　　瓦特：「都德（Alphonse Daudet）寫的故事是關於一頭小羊，塞岡先生的羊，我們會做這個討論是因為我們跟他的看法不一樣。」

　　　　艾維娜：「都德的羊會逃跑，是因為牠想要自由，結果被狼吃掉了。我們改編了這個故事，跟原來的不一樣。」

　　　　法蘭綺思卡：「主人跟羊說山上有狼，可是他之所以這麼說，是因為他想要把羊留在自己身邊，好繼續取得羊奶。」

丹妮拉：「我們把故事改成羊逃跑之後，在自由的山上找到了快樂。」

蜜莉安：「就跟我們所有人都希望自由一樣，所以小羊也想要自由。」

馬力歐：「那是牠的權利。萬一狼來了，羊群團結起來，也可以用羊角殺死狼。」

蜜莉安：「我想都德是想告訴我們，如果不聽話，就會遇到麻煩。」

瓦特：「但是我們的小羊會不聽主人的話跳出圍欄，是因為主人把牠關起來好偷牠的羊奶。所以牠不是不聽話，牠是為了反抗小偷偷牠的東西。」

馬力歐：「沒錯，是因為牠想要自由，而主人只想要羊奶。」

蜜莉安：「可是主人需要羊奶啊。」

法蘭綺思卡：「問題是小羊需要自由。主人如果帶小羊去山上散步，小羊一定願意給他羊奶。」

瓦特：「可是都德說了，小羊要的不是脖子上的繩子放長，不管繩子是長是短，牠都不要。」

法蘭綺思卡：「這個故事讓我想到義大利人為了爭取自由，跟奧地利人打過仗。」

蜜莉安：「義大利人獲得自由後，也跟跑到山上的小羊一樣開心。」

緊跟在討論後面的，就是由小朋友改編的新版故事。故事裡小羊的夢想實現，在自由的山上建立了一個自由的小羊群體。

我選擇這個發展方向截然不同的故事，一方面是爲了繼續研究從孩子看漫畫書開始討論的「閱讀軸」，同時也是因爲這個研究突顯了資訊理論認爲「訊息解碼是依接收者符碼系統進行」的說法。

其實法國作家都德寫的這個故事，可以做更進一步的詮釋，不能單純視其爲不聽話被懲罰的故事。小羊最後結局是光榮戰死，或許還可以讓牠說出這句話：「不自由毋寧死」。但是維歐小學的孩子拒絕模稜兩可，模稜兩可是營造幽默感常用的手法，他們把故事裡反動的價值觀明明白白指出來，予以譴責。最後小羊光榮戰死的結局並不能說服他們，對小朋友來說，英雄就該獲勝，正義必須得到伸張……

大家都成爲「唯內容論者」，無視於表達手法，之後小朋友在討論過程中說出不同意見。

看起來蜜莉安不大樂意完全否決「如果不聽話，就會遇到麻煩」的可能性，而且以她身爲女性的同理心，認爲小羊主人「需要羊奶」。

法蘭綺思卡傾向折衷式改革：「主人如果帶小羊去山上散步，小羊一定願意給他羊奶」。

瓦特是他們之中最一致，也最激進的：「不管繩子是長是短，小羊都不要」。

最後他們提出一個集體的價值體系及關鍵詞：「自由」、「權

利」、「團結」（團結就是力量）。

　　這幾個孩子合作編寫《集合報》很多年，這是以民主機制運作的一個小團體。這個小團體要求創造性參與，也激發了他們創造性參與，沒有被壓抑，沒有偏離正軌或被利用。若讀過馬力歐・洛帝的兩本傑作：《如果這件事發生在維歐鎮就有希望了》（*C'è speranza se questo accade al Vho*）和《這個國家錯了》（*Il paese sbagliato*），[1] 就能明白，爲什麼這幾個小朋友說出「自由」、「權利」和「團結」這些詞彙的時候，顯得經驗老到。這幾個字的意思不是他們學會的，是他們體驗過後爭取到的。他們很享受思想自由和言論自由，習慣對所有素材進行批判，包括白紙黑字。他們完全不知道什麼是考試和分數，他們做的事情不受任何官方計畫、千篇一律的教學活動或學校機構要求所控制，他們做的每件事都有明確理由，是發自內心之舉，所以每一刻都是「生命時刻」，而非「上學時刻」。

　　對他們而言，討論都德這個故事不是爲了完成學校作業，而是必然。

　　這幾個孩子大都是僱農子女。維歐是波河河谷裡的一個小鎮，這一帶有悠久的社會抗爭和政治抗爭傳統，也是抵禦納粹的抗戰重鎮。「主人」這個詞對他們來說有特定意涵。他有一張小鎮「地

1　這兩本書都在探討義大利的教育制度和教學模式，認為上課、考試、打分數，如同資本主義體制追求獲利。教育應該鼓勵孩子主動思考，激發他們的好奇心，讓孩子直接面對現實世界，而非透過包裝過的概念灌輸他們約定俗成的想法。班級應該是一個以思考為先的團體。

主」的臉。「主人」即敵人。所以基本上「主人」在他們的想像裡，在他們「解碼」訊息的時候，占據了核心地位。

法蘭綺思卡和蜜莉安接受集體詮釋的結果，但是企圖擺脫階級鬥爭模式，想起了「義大利人為了爭取自由，跟奧地利人打過仗」，向課本裡模糊的神話形象尋求救援。但是最關鍵的對照是瓦特提出「主人」和「小偷」之間的呼應。因為這個對應關係，才有可能把「不聽話」和「反抗」做出區隔。

法蘭綺思卡談到主人把小羊關起來是為了「取得」羊奶。但是瓦特有意拒絕「取得」這個動詞（學術用法也說「從綿羊身上取得羊毛」），直截了當用了粗暴的「偷」。於是在大家討論過程中，原始文本的詞彙失去了分量，新的詞彙出現，根據一種自主規則開始重組故事。

古人有云：「de te fabula narratur（這故事說的正是閣下您）。」即便小朋友不懂這句拉丁文，也會覺得自己跟他們聽到的童話故事有關。維歐鎮的這幾個小學生形同把小羊拋諸腦後，將自己和「主人」、僱農父親和「主人」代入情境中。

在小讀者（或小聽眾）的想像世界裡，訊息不像針尖戳在蠟上會留下印記，但是會跟每個人的個性產生全面交鋒。這一點，看馬力歐・洛帝的學生就知道，他們明確表現出閱讀的「自我省思」面向，而且在表達看法的時候極富創意。但是交鋒無法避免。如果孩子聽故事的時候全然接受他所聽到的，看故事的時候不敢越過文本劃定的文化和道德價值框架，那麼交鋒只在潛意識層面完成，而且沒有任何產出。不過有時候，孩子也很可能是假裝自

己受教……

　　你跟他說塞岡先生那隻羊的故事，刻意強調故事中不聽話很可能會遇到「麻煩」的寓意，小朋友就會明白你希望他對「不聽話」提出強烈指責。你如果要求他做故事摘要的話，他甚至會把指責白紙黑字寫出來。表面上看起來他說服自己相信了這個結論，事實不然。他很可能欺騙你，孩子每天都在騙人，就像他們寫作文的時候，寫的是他們知道大人希望看到的。從孩子的角度出發，他希望越快忘記小羊的故事越好，就跟他忘記所有其他優良讀物一樣……

　　孩子跟書本建立怎樣的關係取決於學校課堂。如果相識之初充滿創意發想，重視生命勝過於習作，孩子就能體會閱讀的樂趣，因為那種樂趣不是與生俱來的，並非本能。如果一開始的關係就很制式化，如果書被當成死板板的習作工具（抄寫、摘要、文法分析等等），孩子被「考試－打分數」的傳統機制壓得喘不過氣，他們會學到閱讀的**技巧**，但無法體會其**樂趣**。孩子會知道如何閱讀，但只會在被逼迫的情況下閱讀。一旦沒人逼迫，他們就會埋首漫畫書堆裡（即使他們已經有能力閱讀更難、更精采的書），原因或許只是因為漫畫書沒有被學校「汙染」。

40.
好玩的故事

我（為了廣播節目《好多好玩的故事》〔*Tante storie per giocare*〕）跟一群小朋友說了一個鬼故事。這群鬼住在火星上，應該說活得了無生趣，因為火星上的人，不管大人小孩都沒把他們當一回事，很瞧不起他們，所以這群鬼再怎麼搖晃手中生鏽的鐵鍊，也沒有樂趣可言……於是他們決定移民地球，根據他們收集到的情報，地球上還有很多人怕鬼。

小朋友聽了呵呵笑，每一個人都信誓旦旦說自己不怕鬼。

「這個故事，」我說，「到這裡中斷，得有人繼續往下說。你們有沒有要說的？」

我得到的回答如下：

「當他們出發前往地球的時候，有人改變了太空地圖的標示，結果那群鬼跑到一顆遙遠的恆星上。」

「他們根本不需要地圖，鬼眼睛被床單遮住，看不到我們。他們走錯路，跑到月亮上了。」

「也有幾個鬼來到地球，但是數量太少，沒辦法嚇人。」

五個六到九歲的小朋友前一刻還異口同聲說不怕鬼，現在又再度意見一致，不讓鬼到地球上來。作為聽眾，他們笑得無憂無慮，作為說故事的人，他們則服膺於內心的聲音，謹言慎行。此時此刻，他們的想像力直接受到無以名之的恐懼影響（恐懼來源包括鬼，和以鬼為代表的其他）。

換言之，情感波動影響了想像力的演算。故事只得通過一個個濾波器，持續變化前進。這明明是一個荒誕的故事，卻被當成了威脅。在訊息傳送者認為應該會逗人發笑的地方，「訊息接收者符碼」卻敲響了警鐘。

這個時候，敘事者可以選擇一個讓人安心的結局（「所有的鬼最後都掉進星河深處」），或是讓人坐立難安的結局（「他們登陸地球後胡作非為」）。我個人的選擇是給大家驚喜：逃離火星的鬼在月亮附近遇到了因為同樣理由而逃離地球的鬼，雙方發生衝突，一起墜入太空深淵。我試著用「有優越感的笑」去平衡恐懼。如果我錯了，只好去苦修懺悔。

我在同一季廣播節目中對另外一群小朋友說的故事是，有一個人沒辦法睡覺，因為他每天晚上都聽到有人在抱怨，如果他不去幫助那些需要他的人，就無法安心入睡，無論那些人是在遠方或在近處（故事裡他有超能力，可以瞬間從地球這一端移動到另一端）。這是一個熱心助人的簡單寓言故事。

可是在討論故事可能的結局時，第一個被叫到的小男孩毫不猶豫地說：「喔，那我會把耳朵塞起來！」

從這個答案做推演，很容易得到這是一個自私、不合群孩子

的結論，那就偏離正軌了。所有小孩都天生自我中心，那並非重點。這個小男孩其實是把故事的喜感情境做了解碼，導向悲天憫人情懷：他沒有聽見其他人的抱怨聲，但是他對那個夜復一夜無法安心入睡的倒楣鬼感同身受，姑且不論是什麼原因。

我必須補充說明，我跟小聽眾都是羅馬人，羅馬人即便年紀小，也一樣口無遮攔。那些小朋友更是如此，因爲他們對錄音的地方很熟悉（那個廣播電臺錄音室他們去過好幾次），習慣了想到什麼就說什麼。因此後來大家搶著說話，這一點必須考慮進去。

在討論過程中，最早開口的小男孩也第一個承認：世界上充滿各種可言喻或不可言喻的苦痛，或是不正常的事，如果都覺得自己有責任，必須東奔西跑介入的話，就不可能有太多時間睡覺。不過他的反應依然很珍貴，提醒我要給這位心腸太軟的男主角找到一個有趣的結局，不要太悲情，最好能夠讓他打敗所有敵人，而不是讓他不得不繼續承受一切（所以那一次故事結局是這樣的：每天晚上出門去幫助別人的男主角被當成小偷關進牢裡，曾經受過他恩惠的人從世界各地跑來要求釋放他）。

永遠無法預測故事裡哪個環節、哪句話、哪個段落會主導「解碼」。

還有一次，我故事裡的小木偶變成一個大富翁，因爲他每說一次謊鼻子就變長，於是他靠說謊來囤積、販售木柴。之後我開放大家討論故事結局，所有小朋友想像的結果都是讓他得到懲罰。「說謊＝壞」的對應關係屬於不容質疑的價值觀。而且小木偶還被視爲「大騙子」，爲了公平起見，騙子最後一定要接受懲罰。

總而言之，小朋友雖然很喜歡小木偶的故事，但依然懲罰了「狡猾的小木偶」，因為他們認為那是應盡的責任。他們之中沒有人對這個世界的事情有足夠經驗，所以想像不到有些作奸犯科的人，最後不但不用坐牢，而且還會變成模範市民及社會楷模。小木偶可能變成全世界最富有的名人，大家還幫他立了紀念像——這樣的故事結局，沒有一個小朋友想得到。

大家討論最熱烈、也最有創意的部分，是怎樣的懲罰才恰當。這時候進場的是「謊言＝惡」的對應關係。小朋友決定騙子小木偶累積的所有財富都要在他說真話的那一刻化為烏有。可是小木偶很狡猾，不肯輕易說真話，必須找到竅門讓他不得不說真話。找竅門這件事變得非常有趣。「真話」（是一種價值，但並不有趣）唯有在「竅門」潤色下，才能夠成真。

這時候小朋友不再是為捍衛真話挺身而出的正義使者，他們也變成了騙子，絞盡腦汁去「騙」另外一個騙子。約定俗成的道德觀只不過是他們嬉鬧的藉口，其實「無關道德」。看來這是不變定律：沒有一定程度的灰色地帶，就沒有真正的創造。

「開放式」的故事形式（也就是未完待續或結局有多種選擇的故事形式）都有一個奇妙的問題：它提供了一些材料，我們得要決定這些材料如何組合搭配，才能找出解決方案。要做決定，必須考慮各種因素：想像力（以意象變化為本）、道德觀（以內容為依據）、情感（以經驗為準）和意識形態（是否有「訊息」待釐清）。我們有可能在討論故事結局的過程中，發現一個跟故事完全無關的議題。我個人認為，遇到這個情況不該綁手綁腳，

就讓故事聽天由命，而我們儘管跟著不期而遇的偶發事件走吧。

41.
如果爺爺變成一隻貓

不只一次，我在義大利或其他國家，在不同地方，跟不同的孩子說過這麼一個未完待續的故事：一位退休老先生覺得自己在家裡很沒用，其他人不管大人小孩都很忙，沒時間理他，他決定去跟貓一起生活。說到做到。他來到羅馬的阿根廷廣場，從隔開馬路和考古遺跡區的鐵欄杆下面鑽過，走入被遺棄的貓的國度，變成了一隻漂亮的大灰貓。在老先生經歷一連串奇遇後，他決定回家。他沒有變回人，依然是一隻貓，但是家人不但接納他，而且很開心，把美麗的沙發留給他，撫摸他，給他準備牛奶和肉。他是爺爺的時候，大家對他視而不見，變成貓之後，卻成為家人關注的焦點……

故事說到這裡，我就問小朋友：「你們希望爺爺繼續當貓，還是變回原來的樣子？」

百分之九十九的小朋友都希望貓變回爺爺。理由是公平正義，還有捨不得，說不定還有一點不知所措的焦慮，或許背後隱藏著愧疚感。他們想要爺爺恢復原樣，以人身拿回屬於他的權利，並且獲得補償。這是常理。

到目前為止，只有兩個例外。有一個小男孩堅持爺爺繼續當

貓比較好，這樣才可以「懲罰」那些對他不好的人。另外一個是五歲的小女孩，這個悲觀的小丫頭說：「他應該繼續當貓，否則一切會回到從前，再也沒有人理他。」這兩個例外其實也是基於對爺爺的關懷，才會這麼說。

我又繼續問：「可是貓要怎樣變回爺爺？」

不管身在什麼經緯度或海平面高度的小朋友，都毫不猶豫地提供了這個解決方案：「他要從鐵欄杆下面反方向再鑽出去。」

鐵欄杆，就是變形的神奇工具。我第一次說這個故事的時候沒有察覺，是小朋友提醒我，並教會我這個法則：「從這個方向鑽過鐵欄杆下面的人會變成貓，反方向鑽回來的，會重新變成人。」

鐵欄杆懸在中間，上下都有空間，於是有了「從下面鑽」和「從上面鑽」兩種相對的路線。但是從來沒有人跟我提過這件事。可見使用鐵欄杆的儀式得照規矩來，必須一絲不苟，不能有太多花樣。「從上面鑽」應該要保留給那些來來去去、只想維持現狀的貓咪。其實有一次就有個小男生提出抗議：「為什麼從鐵欄杆下面鑽出來準備回家的貓，沒有立刻變回爺爺的樣子？」馬上有另一個小男孩回答他：「因為那一次他不是從鐵欄杆下面鑽出來的，而是從上面（爬過鐵欄杆）。」

之後又有人提出質疑，從貓變回爺爺不光只是為了公平正義，還有其他原因（或許有點勉強）：為了想像對稱。發生了一個單向的神奇事件，想像力不知不覺地等待著另一個神奇事件反向完成。

要讓聽眾滿意，覺得故事完整，必須要有邏輯／形式基礎，

再不然至少要有道德基礎。這個解決方案是由數學腦袋與心協力
完成的。

　　或許有時候我們會有刻板印象，認為做決定的是心，這是分
析上的缺失。當然，我這麼說，並不是為了否認法國哲學家布萊
茲‧帕斯卡（Blaise Pascal）對心的看法。[1] 但是如我們所見，想像
力也有其貢獻。

1　帕斯卡在《思想錄》（*Pensées*）中談及，我們認識世界不是光靠理性，也得靠心。此
　　處的「心」，是指心領神會的能力，才得以認識現實世界的道，並認識主。

42.
在松林裡玩遊戲

十點三十分。喬治（七歲）和羅貝塔（五歲半）走出被松林環繞的旅館。

羅貝塔說：「我們要找蜥蜴嗎？」

我站在窗邊看著他們，知道她為什麼這麼問。羅貝塔徒手抓過蜥蜴，喬治則覺得噁心。通常喬治會提議跑步，因為他跑步速度快。羅貝塔會提議畫畫，因為她畫畫很厲害。人性雖然天真，但是未必真誠。

他們慢慢走著，與其說在找蜥蜴，不如說在找偶發事件。諾瓦利斯也說：「玩遊戲就是在做偶發事件實驗。」他們避掉開闊的空間，在旅館廚房後面逗留，那裡的松樹比較低矮。他們走到一垛柴堆旁。

羅貝塔說：「我們來躲這邊。」

她用的動詞時態是未完成過去式，表示等待結束了，「摸索」即將以遊戲形式開始。這個動詞時態清楚劃分了

她所在的現實世界和轉化成遊戲符號的那個世界。

他們準備躲起來，繞著那垛柴堆轉來轉去，挪動幾塊木柴。有些木柴形狀規整，是鋸好專供廚房使用的，很容易搬動。他們開始動手，發現柴堆後面有一個大紙箱和一個大籃子，便占為己有。這時喬治發號施令。

喬治說：「我們在叢林裡狩獵老虎。」

松林是度假生活的日常部分，沒有人會在意它是否被簡化，或是被提升為有新意義的「標誌」。美國教育學家杜威（John Dewey）說：「當實物變成符號，有了代表能力，可取代其他實物之後，遊戲就從單純的身體躍動轉化為必須考慮心理因素的活動。」

兩人往矗立在地面上的一塊大石頭前進。籃子和大紙箱變成（他們持續給實物分配角色）兩棟小屋。他們撿樹枝準備生火。

這時候遊戲進行的順序是開放的，一邊進行一邊發現並發明各種對照。例如，從「叢林」聯想到「小屋」。不過他們的經驗也會介入：這兩個小朋友在家裡玩過很多次這個遊戲，現在只是加入了叢林元素。

羅貝塔說：「我們來生火。」

喬治說：「我們去睡覺。」

他們各自離開自己只待了幾分鐘的「小屋」。

羅貝塔說：「現在是早晨，我去找雞蛋。」

喬治說：「不對，應該要抓雞來做午餐。」

於是他們四處走動，開始撿拾掉落地上的松果。現在時間是十一點十五分。

　　我們首先發現，在遊戲裡，時間已經過了一天。遊戲時間不是真實時間，而是一種時間練習，複習與時間有關的經驗：天黑了，要上床睡覺，天亮了，應該起床。在松林裡撿拾松果應該是最簡單、第一時間就能做的事，一直被視而不見的松果等到開始發揮「雞」的功用，才脫離植物世界，有了新的意義。從語言選擇軸來看，從雞（polli）之所以聯想到松果（pigne），應該是因為兩個名詞都有 p。想像力在這個遊戲裡的作用，跟在其他創意發想活動中的作用並無不同。

　　十一點二十分。距離上一次「睡覺」只過了短短五分鐘，他們再度「上床睡覺」。

　　新變數：在叢林遊戲軸上出現另一個經典遊戲，扮演「爸爸和媽媽」。這或許是他們下意識要「上床睡覺」的原因。

喬治說：「不要講話。」

　　喬治說這句話的語氣很特別，或許是學校老師要大家玩「安靜遊戲」[1]時的語氣。大家應該會發現遊戲在經驗和發明兩個層面之間遊走。

羅貝塔說：「喔喔喔！雞叫了，我們該起床了。」

　　為了回應喬治突發奇想「扮演老師」，羅貝塔決定「扮演小公雞」。這兩句話讓他們自己化身為「符號」，喬治代表老師，羅貝塔代表公雞。
　　而且時間來到第二天。為什麼時間過這麼快？或許是為了拉開遊戲、創意發想、日常生活之間的距離，「離得越遠」，就「越能投入」遊戲中。

喬治說：「現在出發去狩獵！」
他們站起來，默默在原地徘徊了一會兒，才往柴堆方向走去。

十一點二十三分。羅貝塔說：「我要一杯啤酒。」

1　安靜遊戲（il gioco del silenzio）需要至少三個小朋友參與，一個小朋友站在黑板前，手背在後面，其中一隻手握著粉筆。其他小朋友不能講話，由黑板前小朋友點名「最安靜」的小朋友來猜粉筆藏在哪一隻手中，猜對的小朋友便接下藏粉筆的角色繼續玩遊戲。看最後誰拿到粉筆的次數多，就是贏家。

喬治說：「我要一杯開胃酒。」

　　柴堆突然間變成了吧檯。不清楚遊戲改變走向的原因為何，或許是主題用完了，也可能是因為他們匆匆吃完早餐就出門玩，現在覺得需要進食，至少象徵性進食。他們既然是獵人，當然有權利喝一杯，若是平常絕無可能。

喬治腰帶上掛著兩把槍，他拿了一把交給羅貝塔。遊戲剛開始的時候他沒想到要這麼做，羅貝塔礙於面子沒有開口要。現在，在他們兩度一起睡覺之後，把槍分給羅貝塔的舉動形同一個宣示：喬治宣示羅貝塔是他在遊戲中旗鼓相當的夥伴。只是如此嗎？……
羅貝塔（舉槍抵著自己的頭）：「我要自殺。」

　　這一切發生在短短幾秒間，彷彿瞬息萬變的愛情劇碼。這時候恐怕真的得聽聽心理學家的說法。

羅貝塔說：「我變成木乃伊，我追你跑。」

　　木乃伊，就我所知，是看電視學來的。

十一點二十五分。他們把木柴擺回柴堆，彷彿遊戲已經結束。喬治被教導過必須「把東西歸位」。在這項新的任務中，很快就找到一個分工節奏：喬治負責撿木柴，羅貝塔負責丟回柴堆裡。

羅貝塔說：「我來丟。」

這裡她用了未完成過去式的時態，表示撿木柴擺回柴堆上這個行為也被轉換為遊戲，而「丟」是代表行為本身的「符號」。如果用現在式，那麼這個行為是工作，需要付出勞力；用了未完成過去式，那麼這個行為是被分配的一個角色。

十一點三十五分。柴堆旁有一個磅秤，小朋友嬉鬧著想要量體重，卻始終無法成功。喬治的奶奶以「專家」身分介入協助，隨後離開。

十一點四十分。羅貝塔坐在大紙箱裡，提議玩「小丑遊戲」。她假裝跌倒，滾來滾去。喬治沒有接受她的提議，說：「我們來玩溜滑梯。」

把紙箱跟大石頭靠在一起，就有了一個簡陋版的溜滑梯。他們來回溜了幾次。

十一點四十三分。紙箱變成了一艘船，他們兩個都坐在裡面，在柴堆和大石頭之間航行。

喬治說：「這裡有一座小島，我們去島上玩。但是我們要把船綁好，否則會被沖走。」

他們爬到大石頭上。

　　現在又有了新的變化。既然大石頭變成島，松林就不再是叢林，而是汪洋大海。

他們跑去把籃子也拿過來，這樣就可以一人坐一艘船。

十一點五十分。他們航行到磅秤旁，磅秤也變成一座小島。
羅貝塔說：「現在又過了一天。」

　　這一次，他們並沒有「睡覺」來度過一天，只用說的。事實上這次時間跳躍只是要突顯叢林遊戲和海上遊戲之間的區隔。

他們一邊拖著小船一邊唱歌。返回海面上再度啟航的時候，喬治的紙箱翻了。
羅貝塔說：「浪變大了。」

　　喬治是不小心從紙箱上掉下去的。羅貝塔馬上用未完成過去式說了這話，表示她是用遊戲邏輯來詮釋這個有創意的失誤。

喬治的船翻了好幾次。為了掩飾自己笨手笨腳，他故意耍寶

重複多次。羅貝塔哈哈大笑。喬治是在「扮演小丑」，羅貝塔的笑讓他得以挽回面子。

喬治故意耍寶，是不是隱含追求之意，像動物的「跳舞求偶」？

喬治說：「陸地！陸地！」
羅貝塔說：「萬歲！」
他們在一棵松樹旁下船。
喬治說：「平安即福！」

喬治家所在的區域常常會遇到托缽募捐的方濟會修士，或許他也曾經在心裡想像過自己是一名修士。我們無法重建這個新變數出現的歷程。不過方濟會修士回到家時，都習慣說一句「平安即福」……所以對喬治而言，他們抵達那棵松樹就像是「回到家」……在遊戲中，一如在夢境中，想像力會在瞬間將各種意象濃縮。

或許還可以回想一下「小島」之所以出現，是那天早晨第一句話「我們來躲這邊」的後續發展。現在這兩個小朋友真的「躲起來了」，被大海環繞的他們，離所有人都很遠。

十一點五十七分。喬治發現他們的槍不見了，不知道該去哪

裡找。對他們來說，前一分鐘發生的事已經過去，他們不知該如何重建那個時空。我在窗戶邊指出那兩把槍的位置，他們走過去把槍撿起來，對於我的無所不知並不覺得詫異。

十二點。他們交換小船。輪到羅貝塔用紙箱。她站到紙箱上，有一側紙板像門一樣打開了。因為聯想太誘人，船又變回了房子。現在他們在狩獵兔子。

「兔子」也是松果，松果之前是雞的替代品。在這個遊戲裡，松果始終不被當成松果。

十二點五分。他們把松果全放進紙箱裡。
羅貝塔說：「我要永遠待在我的小屋裡。」
喬治說：「我休息去啦。」

羅貝塔的動詞是未來式，喬治則是現在式，表示他們跟遊戲劃清界線：現在是暫停休息時間。

重新開始玩遊戲的時候，他們採取分工合作模式。喬治開槍射殺兔子後，羅貝塔得去把兔子撿回來，但是她都會趁機會為她自己的「小別墅」撿點其他東西。
羅貝塔說：「我養了一群小雞。」
（重新划著籃子出海航行的）喬治說：「我會來看你，因為

我們是朋友。」

　　這個遊戲又撐了幾分鐘。之後喬治決定結束，跑去盪鞦韆，還叫羅貝塔去幫他推鞦韆。鞦韆讓他們忙了好一會兒，換了幾種花樣之後，就到了吃午飯時間。

　　我上面記錄的是如何把遊戲當作「進行中的故事」來「閱讀」，有點像用樂器彈奏一小段「動機旋律」，但沒有切實完整地彈出來一樣。我不是速記員，那時候（十多年前）我在現場觀察，沒有錄音機，只能用筆記本做紀錄。我或許可以用筆記內容跟心理學家討論切磋，但是就說明我們正在處理的想像力微文法[2]議題，這些之前的紀錄應該足以解釋在「遊戲軸」上，就像在任何一個文本上，不同支流和「軸」如何匯集起來，像我們分析小皮耶羅和黏土故事那樣，整理出幾個重點：詞彙篩選、經驗、潛意識（短暫但駭人的手槍遊戲……）和價值觀導入（喬治把木柴重新擺回柴堆裡，講求的是「秩序」）。

　　想把遊戲解釋清楚，必須一步一步重建所有東西符號化的過程；如何完成修改和轉換，以及「意義的遊走」。要做到這一點，用心理學當工具固然難能可貴，但恐怕力有未逮。心理學家做不到，或許得請語言學家或符號學家出馬來解釋，為什麼把木柴丟回柴堆這個現在正在進行的動作，動詞卻用了未完成過去式。還有，為什麼一個東西和另一個東西之間的對照關係，有時候在於

2　微文法（microgrammar）指的是涉及單句內結構的文法。

形式，有時候卻在意義。

　　我們有很多有趣的遊戲「理論」，卻沒有一個想像力「現象學」能讓遊戲擁有生命。

43.
想像力、創造力和學校

《大英百科全書》的「直覺」詞條裡提到了德國哲學家康德、西班牙哲學家史賓諾沙（Baruch de Spinoza）和法國哲學家柏格森（Henri-Louis Bergson），唯獨少了義大利哲學家克羅齊（Benedetto Croce）。若不說這等於談相對論卻不提愛因斯坦，至少也相去不遠了。可憐的克羅齊。我因為急於為他平反，所以任性地決定在這一章開頭簡單談談此事。接下來的討論恐怕嚴謹度、邏輯性都有待加強，還請大家見諒。

我查閱家裡和工作室多本哲學辭典和百科全書後發現，「想像」（immaginazione）和「幻想」（fantasia）這兩個詞彙有很長一段時間只見於哲學史。

心理學因為年資尚淺，在近數十年間才開始關注這些概念。所以我們的學校教育分外著重「注意力」和「記憶力」，把「想像力」當成避免往來的窮苦親戚，並不令人意外。所以，如果說今天學校裡模範學生的特色，依然是認真聆聽和鉅細靡遺的背誦，同樣不令人意外，畢竟那是最輕鬆、也最容易訓練有成的能力。只可惜孩子成了追求正確答案的書呆子。

古代哲人如亞里斯多德和聖奧古斯丁，在語言上並未使用不

同的字區分「想像」和「幻想」，也未區分兩者有不同功能；對於這一點，培根和堅持「明辨」的笛卡兒都不曾提出異議。要等到十八世紀德國哲學家沃爾夫（Christian Wolff），才初次將「對不存在之物產生敏銳感知的感官能力」和「創造力」（即「藉由意象分類、組合，進而產生從未感知過的意象」的能力）兩者做出了區隔。義大利哲學家阿巴尼亞諾（Nicola Abbagnano）說，以此爲基礎，康德將「具繁衍性的想像」和「具生產力的想像」分門羅列編目，而德國唯心主義哲學家費希特（Johann Gottlieb Fichte）則針對第二點的功能侃侃而談。

不過，讓「想像」和「幻想」徹底劃清界線的是另一位德國哲學大師黑格爾（Georg Wilhelm Friedrich Hegel）。他認爲兩者都是智力的展現，但想像只不過是有繁衍性，幻想則富有創意。他明確的二分法將兩個名詞分出了高下，而且被提升到用來支持種族差異，甚或是生理差異的說法：詩人（藝術家）是善於幻想的創意家，普通人傾向機械化，只有想像力，而且想像是爲了滿足實際需求，例如累的時候會想到床，餓的時候會想到餐桌。換言之，幻想被分發到甲組，而想像則是乙組……

有些哲學家會用既定事實反推理論。這裡所謂既定事實，就是馬克思和恩格斯在《德意志意識形態》（*Die deutsche Ideologie*）書中所說的：「藝術才華爲某些人專斷獨占，普羅大衆則因而受到壓抑，這便是分工造成的後果……」

於是有了社會棟梁。而對社會棟梁而言，普通人和藝術家（布爾喬亞／資產階級）之間存有素質差異這套理論非常完美。

今天，無論是哲學家或心理學家都看不出想像和幻想之間的根本差異。將這兩個詞彙視爲同義詞，不再是道德瑕疵。關於這一點，我們要特別感謝奧地利現象學家胡塞爾（Edmund Husserl），以及法國哲學家沙特（Jean-Paul Sartre，他的論述文集《想像》〔*L'Imagination*〕義大利文版由朋皮亞尼出版社出版，其中有一句話十分精闢，在此與你們分享：「想像是行爲，不是物」）。

義大利哲學家艾雷米勒·左拉（Elémire Zolla）倒是將「幻想」（fantasia）和「空想」（fantasticheria）二者做出區分（見其《幻想史》〔*Storia del fantasticare*〕）：他認爲前者是以現實爲本，不脫離現實，後者則是逃避現實。不過，另一方面，左拉又將大部分的現代及當代藝術歸功於「空想」而非「幻想」，因此建議宜少量服用。在《前邏輯經驗》（*Prelogical Experience*）一書中，作者愛德華·陶伯（Edward Tauber）和茅利斯·葛林（Maurice R. Green）也說，空想絕不是無用之物，不該全盤盡棄；因爲空想能夠喚醒不易接近的內在經驗根源，所以是手法細膩的窺伺者，十分有用。[1]

現今一本優秀的心理學指南，可提供很多關於想像的資訊，可能比從古代到克羅齊爲止的哲學史還要豐富。美國心理學家賈德納·墨菲（Gardner Murphy）的《心理學導論》（*An Introduction to Psychology*）便惠我良多。[2] 在他之後有英國哲學家羅素（《心靈分析》〔*The Analysis of Mind*〕）和杜威（《我們如何思考》〔*How*

1　作者參閱博令格耶利出版社之義大利文版：*Esperienza prelogica*, Boringhieri, Torino 1971。

2　作者參閱義大利文譯本：*Sommario di psicologia*, Boringhieri, Torino 1957。

We Think〕）[3]。另外兩本讓人獲益匪淺的著作是蘇聯心理學家維果茨基的《藝術心理學》（*Psikhologia iskusstva*）[4] 和德裔美籍心理學家阿恩海姆（Rudolf Arnheim）的《走向藝術心理學》（*Toward a Psychology of Art*）[5]。當然，想更深入了解兒童的世界，必須閱讀皮亞傑、瓦隆和美國心理學家布魯納的著作，任何一本都能讓你茅塞頓開。如果覺得他們的論述太過虛無縹緲，法國教育學家塞萊斯坦·弗雷內（Célestin Freinet）會幫助你腳踏實地……

可惜閱讀義大利作家曼佐尼的對談錄《論虛構》（*Della invenzione*）助益不大。書名讓人很期待，但內容卻完全偏向神學探討，沒有一句話讓人記得住。

維果茨基有一本小書《兒童的想像力與創造力》（*Voobrazheniye I tvorchestvo v detskom vozraste*）[6] 極為珍貴，雖然論點有點過時，但是在我看來這本書有兩大優點：第一，他簡單明瞭地描述想像是人類心靈的一種運作方式；第二，他認為所有人都擁有創造力，而非少數特權階級（藝術家）或少數被遴選之人（由某個基金會提供金援進行的某種測驗）才享有的才能，而人與人之間創造力的差異其實是受到社會或文化因素影響。

想像的創造性功能也屬於普通人、科學家和技術人員，那是科學發現和藝術品創作之本，甚至是日常生活的必要條件……

3　作者參閱新義大利出版社之義大利文版：*Come pensiamo*, La Nuova Italia, Firenze 1969。

4　作者參閱結盟出版社之義大利文版：*La psicologia dell'arte*, Editori Riuniti, Roma 1973。

5　作者參閱埃伊瑙迪出版社之義大利文版：*Verso una psicologia dell'arte*, Einaudi, Torino 1969。

6　作者參閱結盟出版社之義大利文版：*Immaginazione e creatività nell'età infantile*, Editori Riuniti, Roma 1972。

維果茨基還說，從動物嬉戲就能看出創造性想像如何萌芽，更能見於童年生活之中。遊戲不是對生活印象的簡單回憶，而是將生活印象做創意加工，孩子透過這個過程整合他們的經驗數值，建構一個符合好奇和需求的新現實。但是正因爲想像只能用來自現實的素材建構（因此大人可以建構出更大的想像），所以孩子爲了滋養他的想像力，必須將想像應用在恰當的任務上，才能強化想像的結構，同時開拓延展，在充滿衝動和刺激的環境中往四面八方成長。

這裡談的「想像力文法」（我想應該做一個清楚說明），既不是關於兒童想像的理論論述（尚有不足之處），也不是爲了收集故事好整理成「食譜大全」，而是一個提案，期望和其他提案一起讓小朋友成長的環境中（無論在家裡或學校）有更多元豐富的刺激。

心靈只有一個，應該由各種面向培養心靈的創造力。童話故事（不管是聽別人說的或自行虛構的）並不是孩子需要的「全部」。自由運用語言的所有可能性，只是自我拓展的方向之一。但「萬事息息相關」（tout se tient），法國人總愛這麼說。

孩子的想像力受到刺激後，會發想新字詞，也會把擁有的想像力工具應用在各個需要創造力介入的經驗領域。童話故事能爲數學效力，正如數學能爲童話故事效力。童話故事能爲詩歌、音樂、烏托邦和政治承諾效力。也就是說童話故事能爲全人服務，不是只爲空想者服務。童話故事之所以有用，正是因爲它們看起來毫無用處，一如音樂和詩歌、戲劇和運動（除非用來營利）。

　　童話故事是爲全人服務。如果一個社會奠基在生產力這個迷思上（亦即營利的現實上），那麼這個社會需要的是「半人」。「半人」是指忠誠的執行者、孜孜不倦的繁衍者、沒有意志的溫順工具。這是一個糟糕的社會，需要改革。而爲了改變這個社會，需要有創意的人，知道如何運用自己的想像力。

　　當然，這個社會也會爲了自己的目的尋找有創意的人。澳洲學者克羅普萊（Arthur J. Cropley）在《創造力》（*Creativity*）中天眞表示，要在「最大限度利用所有人民的智力資源」框架下研究發散思維，才能「維持人在世界上的地位」，多虧了我們持續「尋找創意人」，世界才維持原樣不變。簡直大錯特錯，我們之所以要所有人發揮創造力，就是希望世界能夠改變。

　　所以我們得進一步了解「創造力」。法國精神病理學家李伯（Théodule Ribot）的《創造性想像》（*Essai sur l'imagination créatrice*）頗爲實用，閱讀該書之後，更可以進一步參閱羅馬大學哲學系教授瑪爾塔‧法托里的《創造力與教育》，前文曾提過這本書，此書對「創造力」的概念做了清楚闡述，書中還對美國近年來的研究做了說明和評論，也對相關案例進行了詳盡探討（這些論述可以說是針對創造力議題所做的最早嚴謹研究，不光是因爲美國人比其他學者有更充裕的經費，很多事情他們的確做得更認眞，也更仔細。他們確實很敬業）。

　　「創造力」是「發散思維」的同義詞，意指能夠持續打破經驗框架。「有創造力」的心靈一直在運轉，不斷發問，在其他人已找出滿意答案的地方持續發掘問題，在情勢動盪、其他人只察

覺危險的時候依然感到自在，能夠獨立自主做判斷（不受父親、師長和社會的影響），拒絕公式，重新拿回對物和概念的掌控權，不被人云亦云左右。所有這些特性都展現在創意發想過程中，而這個過程（請仔細聽好！）的特性是戲謔，始終如此，即便涉及「嚴謹的數學」也不例外……（這裡不能不提到我的好朋友，任教於比薩大學的維多里歐‧柯古齊教授〔Vittorio Checcucci〕的作品，他在《創造力與數學》〔*Creatività e matematica*〕這本小書談到如何用電子計算機玩數學遊戲，該書收錄在阿弗列多‧內西〔Alfredo Nesi〕主編的「韓國筆記」〔Quaderni di Corea〕叢書中）。

　　瑪爾塔‧法托里教授也在最近的分析報告中告訴我們，所有人都可以「有創造力」，只要他不生活在壓抑的社會、壓抑的家庭或壓抑的學校裡……讓教育有「創造力」，並非無稽之談。

　　合作教育協會（Movimento di Cooperazione Educativa）的老師們彙集整理這些論點，同時提出他們的一些研究成果，編纂出版為《表達的創造力》（*La creatività nell'espressione*）。我認為兩者加起來形同未說出口的一句格言：「我們要組織一所學校，希望這所學校有助於所有孩子培養所謂『具創造力』的特質和傾向」。

　　我認為更重要的是，當這些老師（他們不是單打獨鬥，而是一個鬥志旺盛的組織，也是義大利學校最具有前瞻性的力量）談到「創造力」的時候，對象是整個學校體制，而非某些特定的「學科」。

　　引述書中段落如下：

　　過去談及創造力，幾乎都僅指向表達能力和遊戲，排拒其他經驗，包括概念化的數學／科學範疇、環境調查、歷史／地理研究等等。就連那些最積極投入、最有熱忱的人也努力將創造力的角色邊緣化，這或許就是我們生活的這個非人性體制以壓抑人類創造潛力為主要目標的最佳證明……

他們還說：

　　……數學教育不該被硬性導向技術和效能方向，我們應該要知道，將數學概念化是我們自由且有創造力的心靈所具備的功能之一……談到教育空間，也必須說明，學校這個場所的基本特性應該是可變性，也就是說使用者應該可以選擇不再被動接受，而是具創造性地積極介入他想要展現自我的方式……

　　退一步來說（偶爾步履優雅地退一、兩步無妨），檢視某些詞彙，例如這裡如何使用「創造性」和「創造力」這兩個名詞，我注意到，早年或近年曾做出各種嘗試，想要改變過去學校機構因應其社會角色而施加在教育上的意義與特性，這些嘗試（值得嘉獎，只可惜流於片面）如今回響不再。

　　德國詩人兼教育家席勒（Friedrich Schiller，他常常被提到，我就不多做介紹）是提出「美感教育」的第一人（可參考其《美

育書簡》〔*Über die ästhetische Erziehung des Menschen*〕[7]）。偉哉席勒，他寫道：「當人具有最完整意義的時候，他才會遊戲，也只有當他遊戲時，才是完整的人。」他對此說十分篤定，後來還補充說到「審美狀態」，認為唯有在這個狀態下才能「透過自由給予自由」。或許這個想法是錯的，但是經歷「道德狀態」的我們的確付出了血和淚作為代價。

跟席勒想法同樣激進且方向一致的，是相隔兩百年的英國藝術史學家赫伯特・李德（Herbert Read）。他最有名的著作《透過藝術的教育》（*Education through Art*）的中心題旨是唯有藝術活動可以讓孩子實現並發展出一種完整的體驗。他認為要發展邏輯思維，並不需要犧牲想像力，其實正好相反。顯然他的論述對於認知和提升幼兒繪畫重要性有一定的影響力。

今天來看，李德的問題在於他只從藝術功能的角度來思考想像力。杜威在這方面比他看得遠：

> 想像的真實功能，在於觀察無法在一般感知的情況下顯現出來的所有現實和可能性。想像的目標是以洞見滲透過去、不存在及黑暗。除了歷史、文學、地理、各種科學規則，乃至幾何學和算術，也都有一定的論據需要靠想像才能夠理解……

7　作者參考阿爾曼多出版社之義大利文版：*Lettere sull'educazione estetica dell'uomo*, Armando, Roma 1971。

引文到此爲止，因爲後面的就沒有這麼好了，很可惜。

創造力第一。那麼老師呢？

合作教育協會的老師們說，老師要轉換身分，變成「生動教育家」（animatore），變成創造力的推廣者。不能再故步自封，只傳遞包裝精美的現成知識，一天餵學生吃一口，或以馬駒馴養師和海豹訓練師自滿。跟學生長時間相處的老師應該要展現最好的自己，也要培養自身的創意能力、想像力，要能給予具建設性的承諾，因爲各種活動都有此需要。今天繪畫、雕刻、戲劇、音樂、情感、道德（共處時展現的各種價值觀和規範）、認知（包括科學、語言學和社會學領域）、營建技術和嬉鬧都應被視爲同等重要。「相對於其他被認爲更崇高的活動，以上種種也不該被當作休閒娛樂或打發時間的活動」。

學科沒有高低之分。究其實，其實只有一個學科，那就是現實──從各種角度切入的現實，例如學校、團體、團體相處及共事的方式。在這樣的學校裡，學生不再是文化和價值觀的「消費者」，而是價值觀及文化的創造者與生產者。

這些不是空話，是累積多年學校實務、政治／文化鬥爭、投入心力和實驗的心得。這些也不是處方箋，而是新立場和新角色。可以想見，這個時候會有無以數計的問題落在這些老師頭上，需要他們一一從頭解決。奄奄一息的學校和生氣盎然的學校之間最大的差別，就在於「消費者」的學校是奄奄一息的學校，假裝活著無法將腐朽連根刨起（而且大家看得一清二楚）；唯有「創造者」的學校才會是生氣盎然的學校。不需要在「學生」或「老師」

之間選邊站，只需要選擇「全人」。「個人朝向全方位發展，」馬克思在《哲學的貧困》（*Misère de la philosophie*）說過，「開始成為趨勢……」

馬克思說「開始」是很多年前的事……他走得太前面，被歸類為夢想家，因為歷史時間跟個人時間可不像桃子，會在同一時間成熟。馬克思不是空想家，但他有絕佳的想像力。

我不能否認，即便是今天，也需要一定的想像力來看待學校體制，試著預想「鐘點制少年感化院」的高牆崩塌。

我們也需要想像力，才能堅信世界會繼續存在，而且會變得越來越人性化。現在流行末世論。有些社會階級，眼看自己的優勢地位日薄西山，將之解讀為全球大災難降臨的前奏，他們看著生態版圖的變動，彷彿古代占星師在星象中瞥見「千禧大災」到來一樣。

老人都很自我中心。萊奧帕爾迪早就知道。這個眼睛雪亮、頭腦清醒的悲觀主義者，一八二七年某個星期天在他的《雜思筆記》中，抄錄了一封在他的時代已算古舊的信函，還加以點評。這封古老的信，已在哀嘆「四季不再如以前一般」。

他是這麼寫的：

「他堅信四季的古老時序已經陷入混亂。在義大利大家都抱怨著春、秋季消失，季節與季節間的分野不再，顯然是寒冷大舉攻城略地。我聽我父親說過，他年輕時在羅馬，復活節早晨每個人都穿夏衣。現在覺得不需要

穿上衣的人，我得提醒你可別在嚴寒季節穿衣也漫不經心。」馬戈洛提（Lorenzo Magalotti），《家書》（*Lettere familiari*），第一部分，第二十八封信，靚山，一六八三年二月九日（居然是一百四十四年前的信！）如果那些堅持全球氣候持續變得越來越冷的人，如果像是包利博士（Domenico Paoli）這種地位崇高的科學家（在他鞭辟入裡的固體分子運動研究論文中），未曾或曾經提出過跟我們父執輩所言相似的其他佐證，支持馬戈洛提的說法，例如某一年某一時期做過如此穿著打扮等等，這個議題應該不會引起太大反應。老人總愛謳歌他們的年輕歲月，對現況各種不滿意，就連大自然也是他們年輕時候的好。原因很簡單，以前寒冷固然讓人心煩，卻可以讓他們覺得自己更年輕……

多一點練習，就算是從萊奧帕爾迪這樣的悲觀主義者身上，你也能學會如何變得更樂觀。

延伸解析

諾瓦利斯

　　我在〈前情提要〉談到諾瓦利斯的《片斷書寫》，他於一七九八年開始出版文集，當時二十六歲。諾瓦利斯在第一本文集《花粉》（*Blütenstaub*）就提出這樣的看法：「寫書的藝術尚未被發現，但就快要被尋獲了。這種片斷書寫是一種文學播種，其中自然也會有許多不結穗的。但是只要有一些萌芽，那又何妨？」[1] 我引用諾瓦利斯對想像力的那段論述，原文是「Hätten wir auch eine Phantastik, wie eine Logik, so wäre die Erfindungkunst erfunden」，請參閱《哲學及其他的片斷書寫》（*Philosophische und andere Fragmente*）。

　　諾瓦利斯的《片斷書寫》也談及其他領域。關於語言學：「每個人都有自己專屬的語言。」關於政治：「所有實務都脫離不了經濟。」（這句原文是「Alles Praktische ist ökonomisch」。）關於

---

[1]　作者說明：此處引用義大利文譯本由普雷佐里尼（G. Prezzolini）翻譯，收錄在他編纂的《片斷書寫》（*Frammenti*）一書中，由蘭洽諾的卡拉巴出版社（Carabba）於一九二二年出版；若想直接參考原文，請見德國萊比錫雷克拉姆出版社（Reclam）出版的《彌封》（*Dichtungen*）。

心理分析:「疾病固然是身體失常,也有部分是因為執念。」如此等等。

他是浪漫主義最純粹的聲音,是「神奇理想主義」的象徵,他能理解現實,以及現實裡的問題,同時期其他人不如他有洞見。

優秀的德義雙語對照選集《文學片斷書寫》[2] 中,收錄了這段省思:「每一首詩都打斷了因循慣例,也打斷了生活的日常。就這一點來說,它跟夢境十分相似,目的是讓我們自我更新,讓我們生命的意義永保如新。」想進一步了解這段話,我認為應該跟諾瓦利斯另外一段話擺在一起看,他說浪漫主義詩文是「讓物件異化,但同時又為人熟悉且迷人的一種藝術」。[3] 如此看來,這兩則片斷書寫或許正是物之「疏離」概念的萌芽。對二〇年代以維克托‧什克洛夫斯基為首的俄國形式主義學者而言,「疏離」是藝術創作過程不可少的。

雙關

從「石頭」這個詞彙衍生出來的各種遊戲(見第一章),應該很容易認出兩種類型的練習(可與法國語言學家安德烈‧馬蒂內〔André Martinet〕在《語言元素概論》〔*Éléments de linguistique*

---

2 作者說明:《文學片斷書寫》雙語對照版(*Frammenti di letteratura - Literarische Fragmente aus dem Nachlass*)由朱塞琵娜‧歐內斯提(Giuseppina Calzecchi Onesti)編纂,桑索尼集團的伏西出版社(Edizioni Fussi, Sansoni)出版。

3 作者說明:僅見於雷克拉姆出版社版。

générale〕[4] 書中舉的例子對照），分別是語言的「第一關」練習（每一個單元都有其意義及語音形式），及「第二關」練習（每個詞彙都可以拆解成一組單元，而每一組單元裡可以再區隔出不同單元，例如「石頭」就是 s-a-s-s-o 五個單元）。馬蒂內寫道：「思維的起源只能以無法預期的單元排列來展現」（第一關）：透過「無法預期的排列」，練習變成了藝術。而「第二關」若拆解得宜，則能找回之前被拒於門外的詞彙。

《語言元素概論》論及「語音壓力」及「語義壓力」，分別從語言鏈相鄰單元做闡述，和從「原本應該出現，但是為了把想說的說出來而將構成系統的單元刷掉」角度做闡述。在激發想像力的過程中，我想做任何一個闡述，其功能都不是為了排除壓力，而是重建並利用各種壓力。

「遊戲詞彙」

為了進一步研究第一、三、八及三十五章，以及所有（列舉過的）詞彙，我原本挑選了一些「讀本」，略涉及語言學（雅各布森、馬蒂內和義大利語言學家德・毛洛〔Tullio De Mauro〕），更偏向符號學（安伯托・艾可）。

但我後來決定放棄，因為這麼做，很難避免半吊子和似是而非的混亂。畢竟我是一個單純的讀者，不是研究員。我跟其他人

4　作者參閱拉特札出版社義大利文譯本：*Elementi di linguistica generale*, Laterza, Bari 1966。

一樣，在義大利作家帕維瑟（Cesare Pavese）為埃伊瑙迪出版社成
立知名的「宗教、民族學及心理學研究叢書」的時候，才知道有
民族誌跟民族學。我離開大學好幾年後（大學確實有助於讓我解
惑），才發現語言學。我學到一件事：你想跟小朋友打交道，想
理解他們在做什麼、說什麼，靠教育學不夠，心理學也無法對他
們的表現做完整解釋。必須學習其他東西，取得其他分析及測量
工具。自學也可以，或許還更好。

我從不諱言自己文化素養不足（所以我無法針對兒童想像力
這個議題寫出「論述文集」。當然我還是可以從個人經驗出發，
自由發揮），也放棄了用洋洋灑灑的參考書目來為我很多看似臨
時起意或天外飛來一筆的發言做佐證。我為自己的無知感到抱歉，
但我不怕丟臉。我反而認為在某些情況下，勇於丟臉是一種責任。

開場白說完，接下來我要感謝艾可的《內容的形式》[5]這本書，
特別是其中兩篇論述文〈意義的路徑〉（I percorsi del senso）和〈隱
喻的語義〉（Semantica della metafora）。我讀完，做了筆記，然
後忘光了，但我相信文章中對知識展現的熱情給了我極大幫助。

艾可的另一篇文章，〈用伊甸語言書寫美感訊息〉（Generazione
di messaggi estetici in una lingua edenica），[6]則見證了藝術和科學、
數學和遊戲、想像力和邏輯思維之間不再涇渭分明的時代趨勢。

這篇文章可以當成故事看，也可以變成讓孩子著迷的玩具。
我想艾可應該不會反對我把這篇文章推薦給在小學任教的朋友看，

5　作者參閱版本：*Le forme del contenuto*, Bompiani, Milano 1972。

6　見艾可《開放的作品》（*Opera aperta*）附錄，不過有些版本並未收錄這篇文章。

讓他們在探索過所有可能性（爲數可不少）之後，試著把這篇文章變成小學五年級學生的玩具。西維歐・切卡托（Silvio Ceccato，見《不像老師的老師》[7]）已經證實不需要害怕跟孩子說「困難的事」。低估他們，比高估他們，錯得更離譜。

二元相生的思維（見第三章）

觀察法國兒童心理學家亨利・瓦隆在《兒童思維的起源》描述他與小朋友的對談，以及他如何發現「半諧音押韻」，都非常有趣。舉例來說，如果有人問：「什麼東西最硬（duro）？」回答：「牆（muro）」。

或是問：「天爲什麼會變暗（noir）？」回答：「因爲是夜晚（soir）。」押韻的認知功能，說明小朋友從中找到的樂趣，遠遠超過簡單的重複聲響。[8]

俄羅斯語言學家烏斯本斯基（Boris Andreevich Uspenskij）在〈論藝術符號學〉（O semiotike iskusstva，義大利文版收錄在《蘇聯的符號系統和結構主義》）中，再次從藝術創作角度切入這個議題：「語音的相似，迫使詩人尋找詞彙之間的語義關係，於是乎語音便孕育了思維……」

7　作者參閱版本：*Il maestro inverosimile*, Bompiani, Milano 1972。
8　此處引用兩則半諧音範例，前者原文為義文，後者原文為法文。

陌生化

　　關於「疏離」或「陌生化」這個概念，可以參考什克洛夫斯基兩篇文章〈故事及小說的結構〉（Stroenie rasskaza i romana）和〈藝術歷程〉（Iskusstvo kak priëm），收錄在《俄國形式主義》。[9] 我從中引用幾段話：「藝術的目的是傳遞人對客體的印象，亦即觀察，而非展現認知……」；「藝術的歷程是將客體陌生化的歷程……」；「想把一件東西變成藝術品，必須把它從日常表列事項中抽離……甩一甩……把它從習以爲常的聯想中抽離出來……」。

「潛意識感知」

　　「吊」（appeso）和「發光」（acceso）之間的語音引力（見第四章）很可能是在無意識下發生的，也就是陶伯及葛林合著《前邏輯經驗》一書中提到的「潛意識感知」：「有高度創造力的人具有更敏銳的潛意識感知力……」他們舉德國化學家奧古斯特‧凱庫勒（August Kekulé）爲例，有天晚上他夢到一條蛇咬住自己的尾巴，認爲這個夢境是預知他打算把某些化學結構問題概念化的企圖：凱庫勒夢見首尾相接的蛇，然後提出了「苯環結構」概念。陶伯和葛林解釋，事實上夢並不會創造新的論述，但是會利用言

9　《俄國形式主義》（*I formalisti russi*），原爲法文選集《文學理論：俄國形式主義文選》（*Théorie de la littérature: Textes des formalistes russes*），於法國出版。作者參閱該書的埃伊瑙迪出版社義文譯本：*I formalisti russi*, Einaudi, Torino 1968。

語或視覺的「潛意識感知」，建構一個積極想像的資源庫。

幻想和邏輯思維

關於小朋友虛構故事（見第二、四及三十四章）這個議題，我覺得杜威在《我們如何思考》寫的這段話值得深思：

> 孩子說的想像故事具有全面的內在一致性，有些故事不連貫，有些故事則環環相扣。有連貫性的故事是模擬反思性思維，通常是有邏輯思考力的人才能做到。這樣的想像結構往往走在嚴謹一致的思維前面，為它開路。

「模擬」、「走在前面」、「開路」……我想應該可以得出這個結論：如果我們要教小朋友**思考**，必須先教他們如何**虛構**。杜威另一段話也很精闢：「思維應該優先保留給新的、不確定的、有疑慮的事物。因此當學童被要求對他們熟悉的事物做反思時，會覺得心理上受壓抑，也會覺得浪費時間。」[10] 思維的敵人是無趣。但是我們若邀請小朋友思考「如果西西里島上所有鈕子都消失不見，會發生什麼事？」（見第五章）我願意用我所有的鈕子打賭，他們絕對不會覺得無聊。

---

10 此處羅大里引用的是義大利文版翻譯，杜威原文說孩子會感到「迷失」（the sense of being lost）。

認知形式——猜謎（見第十二章）

美國心理學家布魯納在《論認知：左手隨筆》這本書（不只關心教育問題的人，所有人都會受到極大啓迪）中談到「發現的藝術和技巧」：

> 英國哲學家威爾登（Thomas Dewar Weldon）用有趣且新奇的方式描述解決問題是怎麼回事……他認為，我們解決問題或有所發現，是把遇到的困難套上謎題形式，將它轉換成問題，如此一來才能解決它，往我們想要的方向前進。換言之，我們把難題換一種方式呈現，而那個方式是我們知道如何操作、而且操作熟練的方式！至於這裡所說的發現，有很大一部分包括懂得給不同種類的困難套上我們比較擅長操作的形式。比較小卻相對關鍵的部分，則包括虛構、發展出有效的模式，把問題轉換成謎題。在這個條件下，真正厲害的心智能發揮驚人作用；但令人驚豔的還有，我們會看到即便是一般人，在指示引導下，也能建構出同樣有趣的模式，而且若是在百年前，肯定會被認為極富創見……

在其著作《心靈教育》[11]中，義大利數學家及教育學家拉蒂伽

---

11 作者引用版本：*L'educazione della mente*, Editori Riuniti, Roma 1962, p.56。

（Lucio Lombardo Radice），花了一章篇幅專門探討謎題「千變萬化的形式」。他針對「猜謎遊戲」做分析，出題的人負責「想」（一個物件、一個動物或一個人等等），另外一個人則靠不斷發問鎖定被想的事物，逼迫它現身。

　　從智力成熟度和文化資產角度來看，這是最有用且多產的遊戲之一。首先要教會孩子猜謎時必須遵循的方法（讓他自行嘗試的話，頭幾回他會不知道要問什麼）。最好的方法是漸漸縮小猜測範圍：男性、女性、小孩、動物、植物或礦物？如果是男性，是仍在世的，或是古人，或是虛構人物？我們是否認識此人？是年輕人，或是老人？已婚或未婚？……這個方法，與其說是猜謎的竅門，不如說是主要研究方法：先分類，再按經驗數據概念做分組。出現的問題十分有趣，劃分也越來越細膩精確。謎底是人，還是大自然？諸如此類。

　　特別的是「猜謎」這個詞出現在彼得・布朗（Peter Brown）的《聖奧古斯丁》（*Augustine of Hippo*）[12] 一書中，布朗在其中一章說到聖奧古斯丁作為傳道者，是以自己的方式詮釋聖經，把聖經當作一種加密「訊息」：

---

12 作者參閱埃伊瑙迪出版社義大利文譯本：*Agostino d'Ippona*, Einaudi, Torino 1971。

　　　　我們可以從聖奧古斯丁對寓意故事的態度，大致得出他對知識的看法。基於不難理解的原因，他的聽眾恐怕更喜歡聽主教布道。由此觀之，聖經變成了一個巨大的謎，彷彿是用不知名文字完成的長篇銘文，具有猜謎的基本魅力：其形式正是征服未知的原始凱旋曲，我們得去發現隱藏在陌生偽裝下，其實我們很熟悉的謎底。

下面這段話也很有趣：

　　　　非洲人對模稜兩可有一種古怪執著，熱衷於玩詞彙遊戲而且樂此不疲。他們寫藏頭詩表現優異，特別喜歡歡快情緒，或應該說他們喜歡的是被詼諧俏皮話帶動，結合心智亢奮和單純美感的那種情緒。而聖奧古斯丁提供給聽眾的，正是這種歡快……

　　　　維多里歐・柯古齊教授的《路人面臨選擇時的數學思維》（*La matematica dell'uomo della strada nel problema delle scelte*）一書中談到，由他及比薩大學數學學院教學研究小組學生做的研究，合作單位包括一所中學及利佛諾（Livorno）的海洋技術學院。研究「素材」是幾道謎題和常見的問題，如「如何解救山羊與包心菜」。[13]

---

13 應為以下謎題：河邊有一人需同時帶狼、山羊、包心菜過橋，橋身一次只可承載一人兩物，要如何將三者帶到對岸，並使山羊與包心菜毫髮無傷？（不讓狼吃了山羊，也不讓山羊吃了包心菜。）

擴散效應

　　童話故事原版基本上透過「擴散」效應可以變成「臨摹版」（見第二十章），俄羅斯語言學家卓爾可夫斯基（A.K. Zolkovski）有專文討論（義大利文版收錄在《蘇聯的符號系統和結構主義》）：「……最初毫不起眼、不具任何重要性的元素突然間因為事物的多樣性和不對稱性，在一個特殊脈絡中取得決定性的份量，於是就某方面而言不具任何意義的元素，在特定條件下，為困難且重要的另一個元素打開了大門……」這在物理學和模控學裡被稱為「擴散」效應：「在擴散過程中，少許能量彷彿發送出信號，啟動了大批囤積許久的能量，在釋放的同時也產生了極重大的效應。」卓爾可夫斯基認為「擴散效應」可以被視為每一次藝術或科學發現的「結構」。

　　原版童話故事中的次要元素因為「擴散」效應，讓新版童話得以「釋放」能量。

兒童劇場

　　關於兒童劇場的發展，亦即在校園內外進行的兒童戲劇活動，除了法蘭克‧帕薩托雷及其友人合寫的著作外（見第二十二章），還有「合作教育」叢書的一本小書《校園內的戲劇活動》，阿爾菲耶利發表在《合作教育》期刊的文章〈弗雷內教育理念的劇場

技巧〉，以及帕稜提所著《讓我們來演戲》，利貝洛維奇和羅斯塔尼歐所著《一鄉一鎮：兒童戲劇經驗談》，以及巴托魯奇編纂的《兒童劇場》。[14]

這些書討論的是小朋友當「製作人」的經驗與技巧，或許有些專家會想從書單中剔除帕稜提的《讓我們來演戲》，因爲那是一本「劇場實務指南」，只有一小部分談及孩子的劇場文本創作者身分：講的是小朋友「打造」的劇場，而不是眞正的「兒童劇場」。阿爾菲耶利的文章則是從完全相反的角度切入：我們看到小朋友即興寫劇本，用最簡單的方式布置舞臺，登臺表演，而且還能帶動觀衆的情緒，而這一切的關鍵是崇高的「不可重複性」。戲劇是「生活的瞬間」，無法重來。

我個人覺得「戲劇－遊戲－生活」的瞬間有極高價值，而帕稜提談到的「戲劇文法」也很重要，可以拓展孩子虛構的視野。剛開始固然可以依賴即興，但是要想讓遊戲繼續，必須進一步充實。自由需要有「技術」支撐，才能找到得來不易但十分必要的平衡。席勒也這麼說。

我想補充的是，若有「爲兒童打造的劇場」，我覺得也很好，可以滿足其他文化需求，那也是如假包換的需求。

---

14 作者於本段列舉資料之完整出版資訊依序爲：*Il lavoro teatrale nella scuola*, Quaderni di "Cooperazione educativa," La Nuova Italia, Firenze 1971；Fiorenzo Alfieri, "Le tecniche del teatro nella pedagogia Freinet," *Cooperazione educativa*, n. 11-12, 1971；Giuliano Parenti, *Facciamo teatro*, Paravia, Torino 1971；Sergio Liberovici e Remo Rostagno, *Un paese - Esperienze di drammaturgia infantile*, La Nuova Italia, Firenze 1972；Giuseppe Bartolucci, ed., *Il teatro dei ragazzi*, Guaraldi, Milano 1972。

還有，「兒童劇場」和「爲兒童打造的劇場」是兩回事，但是兩者同樣重要，只要都能夠認眞地爲兒童服務就好。

幻想商品學

關於「幻想商品學」（見第二十五章），我寫了一本小書《不可思議的世界之旅》（*I viaggi di Giovannino Perdigiorno*）。男主角小喬萬尼周遊列國，看過糖人族、巧克力星球、肥皂人族、冰人族、橡皮人族、白雲人族、憂鬱星球、少年星球、冠軍人族（力氣冠軍、胖子冠軍、貧窮冠軍等等）、紙人族（有橫條紋紙人跟方格紋紙人）、菸草人族、無眠國（起床號取代晚安曲）、風人族、不清楚國（那裡的人從來不說好或不好）和永遠沒錯國（現在沒有，以後說不定會有）。我寫在這裡不是爲了打廣告，而是因爲有好幾個小朋友看了這個故事之後，或是只看了前幾頁，根本等不到看完全書，就開始自己虛構用各種奇怪材料做的國家和人，例如雪花石膏和棉絮，甚至還有電力。一旦掌握了故事的理念，小朋友就開始自己發揮，跟他們玩玩具的時候一樣。能夠讓小朋友動念自己玩起來，我覺得這是一本很成功的書。

熊布偶（見第三十章）

玩具世界裡會存在熊布偶或絨毛熊玩偶、橡膠材質的小狗、搖搖木馬或其他玩具動物，其實有很具說服力的解釋。這些玩具

動物各自肩負不同的情感功能，這部分早有人做過清楚闡述。小朋友理直氣壯把熊布偶或絨毛熊玩偶帶上床，完全不需要知道自己為什麼這麼做。但是我們大概知道。孩子能夠從熊布偶身上獲得的溫暖和保護，是那個時候不在身邊的父母親無法提供的。搖搖木馬則多少跟騎士的魅力有關，若要深究，應該跟古時候的軍伍生活教育有關。要想把小朋友跟動物玩具之間的關係徹底說分明，必須回溯到很久以前。動物第一次被人馴化，第一批幼獸出現在家庭或部落的隱蔽藏身處附近，成為孩子成長的最佳夥伴，時間是在古早時期。再往前推，在膜拜圖騰時期，不只是孩子，而是整個以狩獵維生的部落，都會把某種動物視為保護者及恩人，尊動物為祖先，並以動物名為部落命名。

人跟動物之間最早建立的關係帶有神奇色彩，孩子在發育過程中或許可以藉由動物玩具重溫那個歷史進程的理論曾經一度盛行，但欠缺足夠說服力。然而絨毛熊確實有其圖騰意義，熊出沒的地方也不乏神話氛圍，而神話不是出自憑空幻想，是趨近現實的某種形式。

孩子長大之後，忘記了他的玩具熊，但並非什麼都不記得。耐性十足的熊在他心裡慢慢升溫，彷彿一張溫暖的床，在某個美好的日子無預警跳出來，若不細看，其實認不出來……我們意外發現澳洲考古學家戈登·柴爾德（V. Gordon Childe）在《人創造自己》（*Man Makes Himself*）[15] 中從另一個角度思考這個問題：

---

15 作者參閱埃伊瑙迪出版社義大利文譯本：*L'uomo crea se stesso*, Einaudi, Torino 1952。

　　每個語言都有程度不一的抽象化。但是在把熊這個概念從具體真實的環境中抽離出來，剔除被加諸在它身上的種種特性之後，就可以把熊這個概念跟其他同樣抽象的概念結合，或賦予它各種屬性，即便之前從未在那些特定條件下遇過熊，或遇見具有那些特定屬性的熊。舉例來說，你的熊可以是會說話的熊，或是會彈樂器的熊。你可以玩文字遊戲，其中可能發展出神話和魔法；如果所說的和所想的事物真的可以製作實現、進行實驗，那麼還有可能促成發明。畢竟長翅膀的人這種寓言故事出現的時間，早於飛行機器成真⋯⋯

　　這段論述談文字遊戲的重要性，遠比乍看之下談得更深入。熊這個觀點很好。不過最早讓熊講話的人，以及遊戲中讓熊擁有話語權的小朋友，不正是同一人嗎？我敢打賭，戈登・柴爾德小時候也玩過熊布偶，而且正是這段記憶讓他在無意識情況下寫出上面這段精闢文字。

遊戲用動詞（見第三十二章）

　　「孩子不拘泥於文法規則」，我在一九六一年一月二十八日刊載於《國家晚報》的一篇文章上有這麼一句話，那篇文章探討的是小朋友在「進入童話世界，站在入口處，為即將開始的遊戲做最後準備、換上想像性人格」的時候，會用未完成過去式這個

動詞時態。未完成過去式是從童話故事開頭第一句「很久很久以前」而來，是一種獨特的存在，也是虛構的時間，是玩遊戲用的動詞時態。從文法角度來說，則是過去的現在式。但是字典和文法書似乎都對未完成過去式的這個特殊用法視而不見。伽培里尼（Vincenzo Ceppellini）編纂了實用的《文法辭典》（*Dizionario grammaticale*），該辭典中說未完成過去式有五種用法，第五種是「用於描述和童話故事的時態」，但是沒有提到遊戲。於是這個重大發現落在合著《用語和生活》（*La parola e la vita*）的兩位義大利文人龐茲尼（Alfredo Panzini）及維齊內利（Augusto Vicinelli）頭上。他們說，未完成過去式「的設定是詩意回顧及回憶的迷人時刻」，而發展出「童話故事」（favola）的「本事」（fabula）拉丁文字源是 fari，意思是說話。因此童話故事是「已經說過的話」……但是他們並沒有爲「童話故事未完成過去式」單獨分出一類。

賈科莫・萊奧帕爾迪對動詞敏感度特別高，他在佩脫拉克的作品裡找出大文豪有一段話用了未完成過去式時態，但實質上那是一個過去條件句：「Ch'ogni altra sua voglia / era a me morte, e a lei infamia rea」（他的任何願望／對當時的我而言是死訊，於她則是羞辱——意思是，對我而言「幾乎等同」死訊）。可是他看到孩子「聚集在小廣場上」玩耍、蹦蹦跳跳，聽他們發出「開心的嘻鬧聲」也跟著心情愉悅，卻完全不關心他們使用怎樣的動詞時態。眞是大好人。而在那「開心的嘻鬧聲」中，說不定有小男孩提議玩一個充滿惡意的遊戲：「我來當醜惡鬼（Io **ero** il gobbo），鬼伯

爵⋯⋯」

筆名托迪（Toddi）的義大利記者李維塔（Pier Silvio Rivetta）在《革新理性的義大利文法》（*Grammatica rivoluzionaria e ragionata della lingua italiana*）書中勾勒的場景，彷彿是為我們量身訂做：「未完成過去式常被拿來當作舞臺布景，以此作為論述進行的背景⋯⋯」當小朋友說「我來當」（io ero）[16] 的時候，就形同拉開布景，換幕演出。如果不是學校找麻煩，小朋友根本不會察覺到這個文法上的變化。

關於數學的故事

在「故事裡的數學題」之外（見第三十六章），還有「關於數學的故事」。只要是《科學人》雜誌美國數學大師馬丁・賈德納（Martin Gardner）專欄的讀者，就知道我在說什麼。數學家為了探索專業領域或擴大領域範圍而發明的「遊戲」常常有「小說」的特性，距離虛構敘事僅一步之差。例如劍橋大學數學教授康威（John Horton Conway）發明的「生命遊戲」（Game of Life，一九七〇年十月刊登於《科學人》雜誌）。這個遊戲是用電腦模擬活體細胞群的生成、變形和衰亡。遊戲中，起初不對稱的圖案會漸漸變成對稱圖案，康威教授把這些對稱圖案取名為「蜂巢」、「紅綠燈」、「池塘」、「蛇」、「輪船」、「小船」、「滑翔機」、

---

16 「Io ero」字面意思是「我那時候是」。

「鐘錶」和「蟾蜍」等等。他確保這些圖案在「電腦螢幕上看起來賞心悅目」。這些圖案之所以賞心悅目，其實是想像力對自身及自身結構凝視冥想的結果。

為《穿長靴的貓》辯護

關於聽童話故事的孩子（見第三十七章）及他可能「聆聽」的內容，可以參考義大利教育學家伽麗妮（Sara Melauri Cerrini）發表在《家長日報》（一九七一年十二月）上，討論《穿長靴的貓》道德觀的文章：

> 小朋友看的故事裡，常常一開頭就有人過世，將財產分給下一代，而其中總會有一個為人最謙遜、品德最高尚的孩子。通常分遺產的孩子們關係不佳，而分得最多的幸運兒該拿的絕不手軟，對其他人不聞不問。正如《穿長靴的貓》裡面年紀最小、最倒楣的弟弟，只分到了一隻貓，不知道該如何解決溫飽問題。幸好那隻貓稱他為「主人」，自動自發為他想辦法，答應要幫他的忙。這隻貓其實熟知世間險惡，他也知道必須從外表著手，因此從主人那裡討來唯一一枚金幣，為自己買了一套好衣服、一雙靴子和一頂帽子，打扮得光鮮亮麗的貓帶著得體的禮物送給國王，換取牠想要的。故事說到這裡，等於教導小朋友一個技巧，這個技巧通過實測檢驗，確定有助於擺脫霉運、靠近有權

有勢的人，讓自己翻身：衣服要穿得好；要明白自己得執
行重要任務；要送禮物給壓榨你的人；要用專斷的方式讓
阻礙你前進的人害怕；出門在外只要打著重要人物的名號，
一切問題都能迎刃而解⋯⋯

把故事大綱整理出來之後，她繼續從這個角度切入做結論：

　　這個童話故事的道德觀是，只要你夠精明，敢騙人，
就能跟國王一樣握有權勢。既然家人不存善念，兄弟間沒
有互助之心，自然得讓懂得體制內遊戲規則的人成為自己
的助力，例如穿著長靴的那隻貓，牠是不折不扣的政治家，
然後自己才能變成愚蠢幼稚的在上位者。

　　我看完對《穿長靴的貓》的這篇評論，不否認其合理性，但
也希望大家謹慎思索。揭開神祕面紗不難，但是有可能選錯了撻
伐目標。《穿長靴的貓》的背景和習俗都是中世紀，呈現的主題
是弱者以狡詐作為對抗強權的防衛及進攻武器，這個主題屬於下
層階級的意識形態，常見於農奴，他們默許姑息（大家在欺騙國
王的事上都有份），但彼此間欠缺真正的互助團結。至於那隻貓，
不該混為一談⋯⋯以下是我的回應：

　　說到這裡，我們不能不提及卜羅普在《童話故事的歷
史根源》中討論的「仙女幫手」和「仙女禮物」，是童話

故事常見的幾個母題之二。卜羅普（當然還有其他人）認為童話故事裡動物成為人類的恩人，或幫助人類完成艱鉅任務，或為了人類狩獵時的不殺之恩給予超乎比例的回報，從世俗化、純粹敘事角度來看，是受原始狩獵部落膜拜的動物／圖騰與獵人之間具有宗教意涵的一種契約關係。隨著生活模式轉為靜態的農業模式，人類拋棄了古老的圖騰信仰，但人與動物之間特殊而緊密的友誼關係依然保留了下來。

在古老的成年儀式中，部落年輕人會委由某種動物保護，那便是他的「守護神」。後來儀式固然不再，但是故事依舊，動物守護神變成了童話與民間故事中的「仙女幫手」，繼續活在大家的想像中，隨著時間推演被賦予不同的意涵，又因為必須順應時勢改變裝扮，越來越難以辨認。

也許要靠想像力，才能重新走回童話根源，才能剝開童話故事的鮮豔外衣，露出神祕核心：在這個故事裡的孤兒，也就是三兄弟中的老么身上（這類童話故事的主角都是如此），我們都能認出那個行成年禮的少年；為主角帶來好運的貓，則是他的「守護神」。這時候我們再回頭來看童話故事，穿長靴的貓說不定有兩副面孔：一個是伽麗妮點出的，剛踏入腐敗、不人道社會裡的初出茅廬青年；另一個則是為保護主角伸張正義的夥伴。總而言之，這隻老貓是千年來各種隱晦傳統的產物，是埋葬在史前史靜默中的時光殘痕，在我們眼中遠比狡詐的貪官汙吏、宮廷裡

舌粲蓮花的騙子更值得尊敬。

可想而知，聽完《穿長靴的貓》故事的小朋友活在現代，不會想到歷史，更不會想到史前史。但是小朋友以我們說不清楚的方式，感受到這個故事如假包換的核心跟卡拉侯爵平步青雲無關，而是少年與貓、孤兒與動物之間的關係。從情感層面來看，這或許是最歷久彌新、也最有效的意象。這個意象連同隸屬情感體系裡（如心理學分析所說，扮演重要角色）的動物（不管是真實的或想像的〔玩具〕）一起烙印在小朋友心裡……

勞烏拉·孔蒂在《家長日報》一九七二年第三、四期再度為《穿長靴的貓》辯護，轉錄如下：

……我想談的是，半個世紀前年幼的我，如何體會《穿長靴的貓》這個故事。

首先，那隻貓跟牠的小主人和我一樣，都是**大人**世界裡的**小孩**，但是牠腳上的長靴讓牠可以邁開步伐，擺脫牠的渺小困境，大步前進，不變的是牠依然是一隻小貓。我也想**繼續當小孩**，但又可以**做大人做的事**，甚或在大人的領域裡打敗大人，包括尺度（大步前進）……後來，大跟小的關係不再侷限於字面意義及維度尺寸，開始展現其形象意義。貓不但體型小，也被低估，被視為無用的累贅。貓出現在家裡，被當作是我胡鬧的任性之舉。所以，一無用

處的小動物變成強而有力的盟友，令我很開心。對我來說穿長靴的貓做了什麼不重要，反正我已經全部忘光。直到讀了《家長日報》的文章，我才想起牠行事狡詐圓滑，那是很粗糙的外交手腕。但是我不關心這隻**貓**的行為舉止，我關心的是結果：我關心牠是否「反敗為勝」，讓弱者稱霸，如果可以用大人的話來表達小孩的感受（事實上繼承了這隻貓的小孩，剛開始也因為分配到沒用的遺產而有所抱怨）。總之，我喜歡這種雙重反轉，由小而大，由敗轉勝。我感興趣的不是勝利，我感興趣的是**令人匪夷所思**的勝利。

　　穿長靴的貓擁有的雙面特質（小／大、敗／勝）不僅滿足了希望自己以小孩身做大事的自相矛盾渴望，也滿足了另外一個自相矛盾渴望：從頭到尾都是弱者的瘦小、柔軟貓咪大獲全勝。我討厭強者，在童話故事的強弱抗爭中，我總是站在弱者這一邊。可是一旦弱者勝利，就會有被視為強者的風險，被人憎恨。《穿長靴的貓》讓我避開了這個風險，因為即便這隻貓與國王鬥智的結果贏了，牠依然是一隻貓。就跟大衛與歌利亞對戰的情況一樣，只不過這隻貓大衛贏了之後依然是牧羊人，沒有變成有權有勢的大衛王。我拿這兩個故事比較，不是在當事後諸葛做反推。我小時候聽《穿長靴的貓》故事的同時，也有人跟我說聖經故事。牧羊人變成國王的部分我一點都不喜歡，我只喜歡弱小牧羊人用石頭打敗巨人的部分。而穿長靴的貓跟大衛不同之處在於，即便牠打敗了國王，也沒有變成國王，

依然是一隻貓。

所以，回想我的個人經驗，我完全同意你說的，童話故事的根本不是「內容」，而是「變動」。內容可以人云亦云或很反動，但是變動不一樣，變動讓我們知道人生重要的不是跟國王交朋友，而是跟貓交朋友，因為那些被低估的弱小動物才知道如何與強權對抗。

表達能力與科學體驗

關於第四十三章的討論，跟學校有關的部分可以參考義大利教育學者齊亞利（Bruno Ciari）的《教學方法》（*I modi dell'insegnare*）書中這段話：

> 乍看之下，表達能力、創造力和科學體驗之間應該沒有任何交集，其實三者關係緊密。小男孩為了表達自我，拿起筆、顏料、畫紙、紙板和鵝卵石等等，他裁剪、黏貼、塑形，做出具體、貼近實物的東西，有一定的精準度，這需要一定的科學訓練，同時也少不了創意，跟真正的科學家善用身邊簡單工具就能完成科學實驗的能力並無二致。我們顯然都同意科學訓練應該從事實本身、觀察和實際操作著手，但我想特別提醒一點，表達能力最重要的是拋開教科書，刺激小朋友更深入觀察現實，全心全意體驗⋯⋯

齊亞利老師教的學生養倉鼠，玩二十進位的馬雅記數系統，把肉放在冰塊上觀察其變化來練習文法中的條件句「如果……會發生什麼事」，他們把教室一半的空間變成繪畫工作室──總之就是，不管做什麼都不忘發揮想像力。

藝術與科學（見第四十三章）

關於美感方法論和科學方法論結構上的類比與同源性，義大利符號學家沃里（Ugo Volli）編纂的《科學與藝術》[17] 做了十分有趣的闡述。全書的普遍觀點認為，「科學工作和藝術工作兩者都具有設想現實、賦予現實意義及改變現實的特性。亦即將物和事化約為社會意涵。兩者都是**探究現實的符號學**」。而書中出自不同作者的不同論文，在藝術和科學的傳統分界上游移，否認存在界線，聲稱界線劃定不合理，他們發現藝術和科學兩者之間的交集，而且這些交集日益擴大，藝術與科學在其中使用的工具也越來越相似。以電腦為例，可以用來做數學計算，也可以為尋找新形式的藝術家效力。畫家、建築師及科學家一起在塑形自動生成中心工作。德國數學家兼數位藝術家納克（Frieder Nake）為他的「電腦製圖」所寫的方程式，應該也極適用於「想像力的文法」，因此我抄錄如下：

---

17 作者參閱版本：*La scienza e l'arte*, Mazzotta, Milano 1972。

　　設一有限符號集合 R（預備於作品中呈現之項目），又設一數量有限之法則集合 M，兩者可搭配組合，再以可數直覺集合 I 之元素，逐一揀選 R 集合之符號和 M 集合之法則搭配。這三個元素組合（R, M, I）之總和，呈現的就是美感程式。

　　這個方程式裡，可見 I 代表的是隨機介入的變數。也可以觀察到整個機制便是想像力二元相生的形式：一方面是 R 和 M 放在一起，代表規範；另一方面則由 I 代表具創造性的意志。「藝術裡面，」保羅・克利在模控學尚未出現之前就說過，「也有足夠空間做抽象研究。」

FOR2 41

想像力的文法

分解想像力，把無從掌握的創意轉化爲練習

Grammatica della fantasia: Introduzione all'arte di inventare storie

作者	羅大里 Gianni Rodari					
譯者	倪安宇					
審定	古佳艷					
責任編輯	張雅涵	封面設計	許慈力	封面插畫	Guido Scarabottolo	
校對	呂佳眞	排版	薛美惠			

出版　　英屬蓋曼群島商網路與書股份有限公司臺灣分公司

發行　　大塊文化出版股份有限公司

　　　　臺北市 10550 南京東路四段 25 號 11 樓

　　　　www.locuspublishing.com

　　　　TEL: (02)8712-3898　　FAX: (02)8712-3897

　　　　讀者服務專線：0800-006689

　　　　郵撥帳號：18955675　　戶名：大塊文化出版股份有限公司

　　　　法律顧問：董安丹律師、顧慕堯律師

　　　　版權所有　翻印必究

總經銷　大和書報圖書股份有限公司

　　　　新北市 24890 新莊區五工五路 2 號

　　　　TEL: (02)8990-2588　　FAX: (02)2290-1658

製版　　中原造像股份有限公司

初版一刷：2019 年 12 月
定價：新臺幣 380 元
ISBN：978-986-97603-5-5

Printed in Taiwan

國家圖書館出版品預行編目 (CIP) 資料

想像力的文法：分解想像力，把無從掌握的創意轉化為練習／羅大里
(Gianni Rodari) 著；倪安宇譯 . -- 初版 . -- 臺北市：網路與書出版：大塊
文化發行 , 2019.12

248 面；14.8*20 公分 (FOR2; 41)

譯自：*Grammatica della fantasia : Introduzione all'arte di inventare storie*

ISBN 978-986-97603-5-5（平裝）

1. 寫作法 2. 創造性思考

811.1   108018927